# 오늘을 잘 살아내고 싶어

도박중독자의 가족으로 살아가기

# 오늘을 잘 살아내고 싶어
## 도박중독자의 가족으로 살아가기
©채샘

**발행일**   2020년 9월 21일, 초판 1쇄

**지은이**   채샘
**발행인**   민승원

**편집**   민승원
**디자인**   민승원, 파종모종
**일러스트**   정은지
**인쇄**   ㈜신사고하이테크

**발행처**   ㈜연지출판사
**출판등록**   2015년 1월 2일 제2016-000010호
**주소**   61173 광주광역시 북구 우치로 178 (용봉동)
**이메일**   younjibook@gmail.com
**대표전화**   070-7760-7982
**팩스**   0303-3444-7982
**홈페이지**   https://yjbookstore.com/younjibook

**ISBN**   979-11-86755-46-4 (03810)
**정가**   13,000원

# 오늘을 잘
# 살아내고
# 싶어

**채샘**

도박중독자의 가족으로 살아가기

위대한 힘이여
바꿀 수 없는 것을 받아들이는 평온함과
바꿀 수 있는 것을 바꾸는 용기를 주시고
이를 구별하는 지혜도 주소서


『 평온함을 청하는 기도 』

# 프롤로그


　나의 이야기를 세상에 내놓기까지 꽤 오랜 시간이 걸렸다. 가족의 도박문제를 겪기 전까지 내가 그랬듯, 대부분의 사람은 도박중독에 대해 잘 모른다. 그래서 가족 중 도박중독자가 있다는 사실을 드러낼 때면 두려움이 앞섰다. 사람들이 나를 어떻게 바라볼까, 섣부른 조언에 상처 입지는 않을까, 몰랐으면 하는 사람들에게까지 소문이 퍼져 가십거리가 되는 건 아닐까, 무겁고 어두운 이야기라 듣는 상대까지 우울해지면 어쩌지, 그래서 내게서 도망치면 어쩌지? 두려워할수록 두려움의 이유가 점점 늘어났다. 혹 이 책을 통해 나의 문제를 알게 된 친구들이 있다면, 충분히 믿지 못해서가 아니라 순전히 두려움 때문에 말하지 못했다는 걸 알아주었으면 한다.

　이 책은 도박중독에서 회복 중인 오빠와 함께 살며써 내려간 나의 내밀한 기록이다. 사랑하고, 아파하고, 절망하고, '가족병'에서 회복 중인 나의 이야기다. 나의 변화에 초점을 맞추어 썼지만 가족의 이야기가 드러날

수밖에 없어 필명으로 책을 쓰면서도 고민이 많았다. 개인의 신상이 드러나지 않게 세부 내용은 바꾸되 느꼈던 감정은 솔직하게 썼다. 최대한 담담하게 쓰려 애썼으나 과한 부분이 있다면 너그러운 양해를 구한다.

내가 회복해 간 과정을 말하기 위해서는 단도박 모임과 단도박 가족모임 이야기도 빼놓을 수 없었다. 책의 후반부는 단도박 가족모임을 통해 가족의 도박문제에서 벗어나 잃어버렸던 나 자신을 찾는 내용이 주를 이루고 있다. 단도박 모임과 단도박 가족모임의 가장 중요한 원칙인 익명성과, 모든 참여자는 오직 자기에 대해서만 이야기해야 한다는 원칙을 기억하며 조심스레 썼다.

지금 이 순간도 가족의 도박문제로 아파하고 있을 이들을 생각하며 감히 용기를 냈다. 부디 나의 상처가 당신의 상처와 맞닿아 위로가 되고 힘이 되길 바란다.

# 차례

도박중독 자가진단표(CPGI)
도박중독자와 그 가족들을 위한 공동체

## 도박 [gambling, 賭博]  · · ·

돈이나 가치 있는 소유물을 걸고
결과가 불확실한 사건에 내기를 거는 행위

# 1부

도박의 수렁으로

# 70유로

잠시 후면 이 기차는 오스트리아 빈에 도착할 것이다. 내가 유럽에 있다니. 또 어떤 풍경들이 나를 기다리고 있을까. 3주째 여행하면서도 매 순간이 꿈같았다. 그러나 행복한 꿈이 악몽으로 돌변하는 건 순식간이었다. 당장 오늘 밤 숙박비를 치를 돈이 없었다.

이게 다 너 때문이야. 생각할수록 화가 치밀었다. 휴대폰 요금을 내야 한다고, 대출금을 갚아야 한다고, 정장을 사야 한다고. 쌍둥이 오빠 현은 갖은 이유를 대며 여행 중인 내게 집요하게 은행 보안카드 번호와 비밀번호를 물었다. 현이 빌려 간 돈을 내 계좌로 입금했다면 나는 숙소에 무사히 머물 수 있을 테고, 그렇지 않다면 당장 오늘 밤부터 캐리어를 끌어안고 거리를 떠돌게 될 것이다. 나는 차라리 기차가 끝없이 달리기를 바랐다. 은행은 숙소에서 15분 거리에 있었다. 카드를 들고 ATM기 앞에 서서 심호흡을 했다. 제발 무사히 70유로를 출금할 수 있길. 비밀번호를 잘못 누르기라도 한다면, 그래서 ATM기가 내 카드를 삼켜버리기라도 한다면. 그 뒷일은 상상조차 하고 싶지 않았다. 하지만 무슨 이유인지 ATM기는 자꾸만 카드를 뱉어냈다. 계속되는 실패에 주먹에 점점 힘이 들어갔다. 제발, 제발. 가까스로 출금액을 묻는 화면에 다다랐다. 숨을 멈추고 조심스럽게 숫자 7, 0을 입력하는 순간, 촤르르륵, 기계에서 돈 세는 소리가 들렸다. 다리에 힘이 빠진 나는 70유로를 손에 쥐고 무너지듯 주저앉았다. 그리고 오래도록 흐느꼈다.

여행 마지막 날까지 현은 내 계좌에서 출금을 반복했다. 그동안 두 번이나 내 명의로 대출을 받게 했고 보증까지 서게 만든 오빠는, 이 모든 일을 비밀로 해달라고 부탁해 나까지 부모님 앞에 공범으로 만든 그는, 결국 학자금을 대출해 돈을 갚겠다던 약속을 지키지 않았다.

더는 못 참아. 현의 거짓말에 진절머리가 났다. 여행을 마치고 한국으로 돌아가면 부모님께 모든 걸 털어놓겠다고 결심했다. 하지만 도대체 현에게 무슨 일이 생긴 걸까? 분명, 내게 밝히지 않은 다른 이유가 있는 게 틀

림없었다. 그것이 무엇이든, 우리 가족을 뒤흔들만한 일이란 걸 직감했다. 그러나 이것이 얼마나 길고 오랜 싸움이 될 것인지, 그때는 미처 알지 못했다.

## 발각

"아무래도 뭔가 크게 잘못된 것 같아."

고향집으로 대부업체의 빚 독촉장이 날아들었다. 수백만 원의 원금과 원금을 훌쩍 뛰어넘는 연체료, 0이 여럿 붙은 어지러운 숫자들. 기한 내에 채무를 상환하지 않을 시 법적 조치를 취하겠다는 등의 단호한 문장들. 누군가를 겁먹게 하는 데는 그리 많은 말이 필요하지 않았다.

한국에 돌아온 나는 여행담을 늘어놓는 대신 아빠와 마주 앉아 현의 수상한 행동과 입출금 내역을 복기했다. 자꾸만 새로운 사실이 드러났다. 현이 내게 돈을 빌린 대부분의 날짜에 부모님에게서도 돈을 타 간 것이다. 돌려막기를 한다는 건 분명해 보였다. 그렇다면 대체 무엇 때문에. 무엇 때문에 이 모든 일이 벌어진 것일까? 나는 현에게 전화를 걸었다.

"아빠한테 다 얘기했어. 와서 직접 털어놓고 더 이상 거짓말하지 않았으면 좋겠어."

수화기 너머에서 긴 침묵이 흘렀다. 혹여 도망간 건 아닐까. 전화를 끊고 기다리는 시간이 영원 같았다.

이윽고 현이 집으로 들어섰다. 한 달 만에 본 반가움을 표할 새도 없이 현은 무거운 얼굴로 아빠 앞에 꿇어앉았다. 그리고 그의 입에서 상상조차 못 했던 단어가 튀어나왔다.

도박이었다.

# 전조

"혹시 오늘이 고객님 생일인가요? 아님 두 분 무슨 기념일인 거예요?"

현이 결제를 위해 체크카드를 내밀자 매장 직원이 물었다. 2011년의 어느 날이었다. 내 손엔 커다란 종이가방이 들려 있었다. 집으로 돌아가면 원피스며, 바지며, 방금 쇼핑을 마친 여러 벌의 새 옷들을 걸치고 한바탕 패션쇼를 할 요량이었다.

"아뇨, 아무 날도 아니에요. 그리고 저희 남매예요."

나는 웃으며 대꾸했다. 사람들은 자주 현과 나를 커플로 오해하곤 했다.

"현실 남매가 이럴 수 있는 거예요? 나도 아무 날 아닌데 옷 사주는 오빠 있었으면 좋겠다!"

우리가 좀 사이가 좋긴 하지. 부러움 가득한 직원의 말에 어깨가 한껏 펴졌다. 흘깃 옆을 보니 현의 입꼬리도

씩 올라가 있었다. 사람들이 모두 부러워하는 사이좋은 남매. 그게 우리였다. 그렇다곤 해도, 대학생인 그가 감당하기엔 꽤 큰 지출이었다.

"어디서 그렇게 돈이 나는 거야?"

"부모님한테는 얘기하지 마."

매장을 나와 묻자 현은 뭔가 굉장한 것을 알려주기라도 하듯 목소리를 낮췄다.

"실은, 스포츠 토토를 하는데 좀 크게 땄어."

스포츠 토토? 우리 집안에서는 도박은커녕 명절 때 흔히들 재미로 하는 화투조차 친 적이 없었다. 로또를 사본 적도 없었고, 투자나 재테크에도 전혀 무지했다. 청교도적 가치관이 깊게 뿌리내린 우리 집안에서 돈이란 모름지기 정직하게 땀 흘려 벌어야 하는 무엇이었다. 모든 것은 우리의 소유가 아니며, 그저 신의 청지기로서 세상을 사는 동안 잠시 맡아 관리하는 것뿐이라고 배워온 터였다.

"얼마나 땄는데?"

"2백만 원 정도."

"진짜?!"

놀란 나에게 현이 어깨를 으쓱해 보였다.

"내가 좀 잘 따. 잃을 때도 있긴 한데 그래도 딸 때는 훨씬 크게 따거든. 너무 잘 따서 사이트에서 강퇴당한 적도 있어."

현은 자신의 경기 분석력을 꽤 자랑스러워하는 듯했다.

"신기하네…."

말은 그렇게 했지만 못내 마음에 걸렸다. 하지만 이미 현의 돈으로 기분 좋게 쇼핑을 끝낸 마당이었다. 요즘 많이들 재미로 한다니까 뭐…. 승부욕이 강한 편도 아니고, 늘 단정하게 살아온 사람이니 알아서 잘하겠지. 그때까지만 해도 그것은 그저 짭짤한 용돈벌이, 돈의 문제였다.

어느 날부터 현이 자꾸만 내게서 돈을 빌렸다. 이상한 예감에 현의 휴대폰 문자메시지를 몰래 훑어보았다. 역시나. 두 곳의 대부업체에서 대출을 받은 내역이 있었다.

"휴대폰 메시지함을 봤어."

현의 얼굴이 창백해졌다.

"살 게 있어서 그랬어. 그냥 모른 척해줘."

그 말이 믿기는 건 아니지만 그의 다문 입은 더 이상 열리지 않았다. 무엇 때문에 그랬을까. 계산에 약한 데

다 돈 모으는 재주가 전혀 없는 나와 달리 현은 꽤 알뜰히 돈을 모으곤 했는데. 뭔가 이유가 있겠지. 누구한테 말도 못 하고 혼자 쪼들리느라 참 피곤했겠다…. 직장 생활을 막 시작해 여윳돈이 있었던 나는 넌지시 도와주겠다는 말을 흘렸지만, 현은 딱히 대꾸가 없었다. 그저 내가 알아버렸단 사실이 당황스럽고, 이 상황을 피하고 싶은 모양이었다. 하지만 다음날이 되자 현은 대출 이자 갚는 날을 하루 넘겼다며 내게 SOS를 쳤다. 여전히 이유는 알 수 없었다. 현이 알바를 하며 돈을 꽤 벌던 시절에는 내게 자주 용돈을 보내주었으니 당연히 나도 이 정도는 해줄 수 있다고, 능력이 되어 다행이라 생각할 뿐이었다.

그로부터 몇 개월 후 어느 날, 현이 전화를 걸어왔다.

"몇 년 전에 P2P 사이트에서 영화 다운로드받고 공유를 한 적이 있는데…. 저작권 침해로 고소당해서 합의금을 몇백 물었었거든. 그때 다 끝난 줄 알았는데 아니었더라구…."

온라인 불법 유통이라니. 그거였구나. 저작권에 대한 대중의 인식이 지금보다 더 낮았던 때였다. 현은 머뭇머뭇대며 말을 이어갔다.

"난 학생이라 대출이 힘들어서…. 부모님한테는 비밀로 해줘."

현은 내 명의로 대출을 받아달라고 부탁했다. 이런 일로 빚을 내라니. 한숨이 나왔다. 한편으론 잔뜩 주눅 든 그가 안쓰러웠다. 말을 꺼내기까지 무척 힘들고 창피했을 텐데 내가 화를 내면 더 상처 입겠지. 현은 내게 300만 원을 대출받아 얼마는 자신에게 주고 나머지는 내가 언급했던 일에 돈을 쓰면 되지 않겠느냐고 말했다. 빌린 돈을 매달 이렇게 저렇게 해서 갚겠다고 꽤 그럴싸한 계획도 늘어놓았다. 그의 말대로, 내게 돈이 필요한 건 사실이었다. 꽤 합리적이고 괜찮은 계산인 것 같았다.

대출 절차는 너무나도 간단했다. 전화 한 통이면 바로 통장에 돈이 꽂혔다. 얼굴을 볼 필요도 없었다. 이렇게 큰돈이 오가는데 이렇게 쉬워도 되는 건가? 그러나 혼란스러운 마음은 문제가 해결되었다는 안도감으로 덮기에 충분했다. 나는 현에게 그가 부탁한 액수를 보내주고 나머지는 내 여윳돈으로 남겼다.

약속은 얼마간 잘 지켜지는 것 같았다. 하루 이틀 깜

빠듯했다며 늦기는 해도 현은 약속한 대로 돈을 보내왔다. 그러나 두어 달쯤 지나자 미안하다며 보내야 할 돈을 다음으로 미루는 날이 잦아졌다. 매월 1일, 대출금을 갚는 날이 가까워질 때면 신경이 곤두섰다. 어느 달엔 유야무야 넘어가기도 했다. '적어도 현이 무엇 때문에 힘들어했는지 이유는 알았으니 다행이야.' 생각하면서. 이 모든 핑계가 거짓말임을 알게 되기까지는 오랜 시간이 필요했다. '도박'이라는 단어에 수상한 기억들이 앞다투어 튀어나왔다. 당시에는 미처 인지하지 못했던 별개의 사건들이 퍼즐 맞춰지듯 하나로 꿰어졌다. 비싼 옷을 턱턱 사주던 현, 철없이 좋아하던 나, 현의 휴대폰 전화번호부에 저장되어있던 대부업체 이름과 번호들, 대출을 부탁하던 현의 주눅 든 목소리와 대출 상담사의 하이톤 목소리…. 벌써 수년 전의 일이었다. 그러나 일단 떠올리고 나니 기억은 잔인하리만치 선명해졌다.

왜 도박에 빠지게 된 걸까. 빚이 도대체 얼마나 되는 걸까. 왜 그때 말리지 못했을까. 얼마나 심각한 상태인 걸까. 왜 그때 눈치채지 못했을까. 진작 부모님께 말씀드렸더라면…. 후회와 자책과 질문이 꼬리에 꼬리를 물었다. 머릿속이 어지러워 견딜 수가 없었다. 용돈벌이는 '도박중독'으로 바뀌어 있었고, 나의 오빠는 '도박중독자'가 되어 있었다.

# 아빠

아빠는 우리 남매에게 손찌검한 적이 없었다. 체벌하더라도 회초리로 종아리나 손바닥을 때리는 것이 다였고, 우리가 사춘기에 들어선 이후로는 단 한 번도 매를 들지 않으셨다. 가끔 욱할 때는 있어도 욕이라고는 한마디도 할 줄 모르는 점잖은 분이었다. 아니, 점잖다는 말로는 부족하다. 나의 아빠에게 어울리는 수식어를 대라면 '사랑이 많은'을 붙일 것이다. 현과 나는 초등학교 고학년이 되어서도 종종 아빠의 무릎에 앉아 놀곤 했다. 그 세대 중년 남성들은 으레 가정 밖에서 낙을 찾곤 하지만, 아빠는 가족과 함께 하는 시간을 중요히 여겼다. 퇴근 후 집으로 돌아와 가족과 함께 TV를 보고, 도란도란 대화하는 시간이 무엇보다 즐겁고 행복하다고, 아빠는 말씀하시곤 했다. 그런 아빠가, 현의 뺨을 때렸다.

비좁은 옷방에 웅크려 잠든 현의 뺨은 벌겋게 부어있었다. 아빠는 고향으로 돌아갈 채비를 하고 있었다. 무슨 말을 건네야 할까. 나는 다만 숨을 죽이고 가방에 거칠게 물건을 욱여넣는 아빠의 모습을 지켜보았다. 붉게 충혈된 눈은 금방이라도 핏줄이 터질 듯했다.

"마음 같아서는 당장 칼이라도 들고 와서 찔러 죽이고 싶어. 수십 번 찔러도 시원찮아. 내가 신앙을 가진 사람만 아니었으면 분명 그랬을 거다."

무시무시한 말을 내뱉고 입을 굳게 다물었던 아빠는 이내 탄식과 함께 눈물을 쏟았다.

"앞으로 살아갈 현이 인생이 불쌍해서 어떡하니…!"

그날 밤, 부엌으로 향했다. 부엌칼, 가위, 송곳…. 눈에 보이는 모든 날카로운 것들을 서랍장 깊숙이 집어넣으며 나는 숨죽여 울었다.

# 엄마

 빚을 갚을 곳은 대부업체뿐만이 아니었다. 우리 남매
가 자취하던 집의 월세가 7개월이나 밀려있었다. 말끔한
인상에 조근조근한 말투로 누구에게나 호감을 사던 현
에게 집주인 아주머니를 설득하는 것쯤은 어렵지 않은
일이었다. 집에 사정이 생겨 피치 못 하게 월세를 밀리게
되었으니 일단 보증금에서 월세를 제해달라고, 부모님께
는 알리지 말아 달라고 부탁했던 것이었다.

 "그 사람들이 나를 뭐라고 생각했겠니? 저 여자는 제
자식새끼가 무슨 짓을 하고 돌아다니는지도 모르고 참
속도 편하다, 했을 거다."
 애써 평정을 유지하던 엄마는 그 말을 내뱉곤 울음을
터뜨렸다. 서너 달에 한 번씩 찬거리를 가득 싸 들고 우
리의 자췻집을 찾아오곤 하던 엄마는 그녀가 지을 수 있
는 가장 살가운 표정으로 집주인에게 인사를 건넸을 것

이었다.

"저 윗동네 강 집사네 아들이 노름해서 속 썩인다는 얘기 들었을 때 내 솔직히 속으로 흉을 봤다. 자식 교육을 어떻게 했기에 그 모양이 되냐고. 그런데 내 자식이 이럴 줄은 몰랐다. 난 정말 몰랐어. 내가 교만했다."

이제껏 자식 농사 하나는 잘했다고 믿어왔던 엄마였다. 엄마에게 현은 누구보다도 착하고 순한 아들이었다. 싫으면 싫다, 좋으면 좋다, 원하는 것이 분명하고 때로 부모님과 뜻이 다르면 반항하기도 했던 나와 달리 현은 부모님의 뜻을 거슬러본 적이 없었다. 현은 간식거리를 사 올 때면 꼭 동생 것까지 챙겨 사 오는 배려심 깊은 아들이고, 하고 싶은 것이나 욕심이 너무 없어 걱정이긴 하지만 무엇이든 한번 시작하면 성실하게 해내는 아들이었다. 그런 아들이 고등학생 시절 친구들과 술을 진탕 마시고 빈 병을 뒤뜰 구석에 몰래 감춰 둔 게 들켰을 때, 부모님은 오히려 너털웃음을 터뜨렸다. 그토록 바르게 커 온 내 자식이 일탈을 감행했다는 사실 자체가 신기했던 것이다.

현이 좋은 대학교에 들어가자 엄마는 사람들의 부러

움을 한 몸에 받았다. 특히 교회 사람들이 부러움의 인사를 건넬 때면 엄마는 '하나님을 잘 섬기면 된다'고, '기도의 힘'이라고 힘주어 말했다. 그도 그럴 것이 엄마는 그 누구보다도 신에게 충실했고, 그 신앙의 힘으로 자부심 가득한 삶을 살아가는 사람이었다.

엄마는 입버릇처럼 모든 것이 신의 은혜라 말했고, 매일 새벽 4시 반이면 일어나서 교회에 올라가 새벽기도를 드리는 것으로 하루를 시작했다. 수많은 기도의 제목 중 우리 남매의 이름이 빠지는 일은 없었다. 엄마는 우리 남매가 '큰 사람'이 될 거라 굳게 믿었다. 어쩌면 자신의 깊은 신앙심을 증명해줄 신의 선물 꾸러미 안에 우리 남매의 번듯한 미래가 담겨 있을 거라 기대했는지도 모르겠다. 그러나 나는 이날, 엄마의 세계 한 축이 무너져 내리는 것을 보았다.

## 또다시 공범이 되다

"널 원망하지 않아. 차라리 잘된 것 같아. 다 털어놓으니까 홀가분해."

잠에서 깬 현이 조용히 눈물을 흘리며 내게 말했다. 안쓰러웠다. 얼마나 오래 저 많은 비밀들을 혼자 끌어안고 끙끙댔을까. 동시에 분노가 치밀었다. 빚은 수천만 원에 달했다. 나로서는 상상도 할 수 없는 금액이었다. 가족 모두에게 이렇게 큰 상처를 줘 놓고 그는 어쩜 저렇게 속 편한 말을 할까. 감정이 극과 극을 오갔다. 분열하는 감정을 어떻게 처리해야 할지 도무지 알 수 없었다. 그저 치미는 분노를 연민의 눈길 아래로 감추고 그를 위로할 뿐이었다. 그러나 '다 털어놓았다'던 현의 말이 거짓말이었음은 그리 오래지 않아 드러났다.

"친구들 여러 명한테 돈을 빌렸어…. 당장 오늘 오전

10시까지 갚기로 했는데….”

다음날, 현은 또다시 부모님은 모르는 둘만의 비밀을 만들어냈다. 화가 났지만 가까운 친구들과의 관계까지 잃게 만들 순 없었다. 약속한 시각은 속속 가까워졌다. 어떻게든 돈을 마련할 방도를 찾아야 했다. 그때, 집안 곳곳에 가지런히 놓인 수백 권의 책이 시야에 들어왔다. 매주 사 모은 각종 잡지와 절판된 고흐의 화집, 사진집, 대학교재, 소설, 시집, 학술서 등등. 책 읽기를 좋아하는 내가 수년에 걸쳐 사들인, 추억과 손때가 묻은 책들이었다. 나는 재빨리 결단을 내리고 절대 팔 수 없는 책과 팔아도 괜찮은 책을 분류해냈다. 그런 다음 중고서점에서 받아줄 만큼 상태가 괜찮은 책을 한 번 더 골라냈다. 펼쳐보니 색연필로 밑줄을 그어놓은 책이 수십 권이었다. 현과 나는 지우개를 손에 하나씩 쥐고 색연필 흔적을 필사적으로 지워냈다. 우리 둘 주위 사방에 지우개 가루가 흩뿌려졌다. 그러고 있는 우리 둘의 모습이, 상황이, 마치 냉소적이고 잔인하기 이를 데 없는 블랙코미디 영화의 한 장면처럼 느껴졌다.

색연필 자국을 모두 지워낸 후 캐리어 두 개에 책을 나눠 담았다. 바로 며칠 전만 해도 옷가지며 여행용품을 담았던 그 가방이었다. 책을 꽉꽉 채워 넣은 캐리어는 지퍼가 잠기지 않을 만큼 커다랗게 부풀었다. 내가 캐리어 위에 올라타 몸무게로 부피를 짓누르는 동안 현은 끙끙대며 지퍼를 잠갔다. 우리는 캐리어를 끌고 중고서점으로 향했다. 아스팔트 바닥을 구르는 캐리어 바퀴에서 둔탁한 소음이 일었다. 우리는 초조한 마음으로 중고서점 직원 앞에 서서 그가 바코드를 찍고, 가격을 매기는 모습을 지켜보았다. 직원은 내 소중하고 값비싼 책들을 고작 19만 7백 원의 현금으로 돌려주었다. 현은 예상보다 더 비싸게 값을 쳐주었다며 안도의 웃음을 지어 보였다. 텅텅 비어버린 캐리어는 바퀴를 굴릴 필요가 없을 정도로 가벼웠다.

받은 돈을 바지 주머니에 넣고 근처 은행으로 향했다. ATM기 안으로 빨려 들어간 지폐들은 곧 자취를 감췄다. 돈을 마련하는 데 들인 시간에 비해 허무하리만큼 간단하고 빠른 절차였다. 그래도 다행이었다. 적어도 현의 친구들은 실망하게 하지 않았으니.

"배고프다. 나가서 점심 먹자."

허한 마음을 감춘 채 집으로 돌아왔다. 캐리어를 거

실에 내려놓고 현과 함께 근처 식당으로 향했다. 그동안 제대로 먹지 못했을 것이 뻔했다. 나는 현에게 조금이라도 더 푸짐하고 따뜻한 밥을 먹이고 싶었다.

# 대출 상담사

현이 대출을 받은 업체는 한두 곳이 아니었다. 00론, 00캐시, 00저축은행, 00머니…. TV 광고에서 보았던 온갖 대부업체 이름이 대출 완료를 알리는 메시지에 입력되어 있었다.

부모님은 현과 나의 채무를 해결하기 위해 숨 가쁘게 움직였다. 적금을 깨고, 보험을 해지하고, 빚을 얻고, 그해 계획했던 것들을 포기했다. 그들 평생의 수고와 그 수고의 대가로 얻게 되리라 의심치 않았던 편안한 노후가 허망하게, 사라졌다.

나는 부모님에게서 돈을 받자마자 대부업체에 전화를 걸었다.

"중도상환을 하려고요."

상담사의 반응은 뜻밖이었다.

"아, 그러십니까, 고객님? 혹시 이자율이 부담돼서 중도상환을 하시는 건가요? 저희가 이자율을 최대한 낮춰서 이용하실 수 있게 조정해드릴 수 있으니 계속 이용해보실 생각은 없으신가요, 고객님?"

애원조에 가까운 말투였다. 순간 누군가 둔기로 내 머리를 내리친 듯했다. 나는 그제야 대부업체의 생리를 깨달았다. 그들이 원하는 바는 빠른 대출상환이 아니었다.

대부업체의 수법은 노골적이다. 쉬운 대출과 살인적인 이자. 간단해 보이는 원리 아래 이루어지는 과정은 교묘하고 성실하다. 그들은 '친구처럼', '믿으니까', '걱정말라'며 돈이 필요한 이에게 예정보다 더 큰 금액을 빌려가도록 유도한다. 원금에 매달 높은 이자를 매기고 연체 시에는 살인적인 이자를 추가한다. 하루 이틀만 연체해도 독촉하는 대형업체와 달리 중·소규모의 대부업체는 오히려 독촉하지 않는다. 그렇게 채무자가 방심하는 동안 엄청난 연체이자가 쌓여간다. 채무자가 더 오래 빚을 갚을수록 업체는 다달이 붙는 이자를 통해 더 큰 이득을 얻는다. 빚을 모두 갚으면 얼마 지나지 않아 이자를 낮춰줄 테니 한 번 더 빌리라고 부추긴다. 할부와 할인 혜택, 외상 거래의 편리함 때문에 과소비의 위험을 알면서도 신용카드 사용에 길들여지듯 대부업체를 이용하는 채무자도 마찬가지로 빚을 지는 습관이 몸에 밴다. 그러다 결국 눈덩이처럼 불어난 빚을 감당할 수 없는 때가 오면, 업체는 채권추심 절차를 밟아 채무자의 재산뿐만 아니라 삶의 기반까지 송두리째 앗아간다.

모든 일에는 반대급부가 있다고 했던가. 보통 사람들의 불행이 그들에겐 행(幸)이다. 구직자, 프리랜서, 대학생, 궁박한 서민 등 신용 등급이 낮고 돈에 허덕이는 이들이 많으면 많을수록 대부업체는 호황을 누린다. 그들에게 불경기는 호재고 대목이다. 과거 그들 업체가 음지에 머무르며 생활 정보지나 이메일, 휴대폰 문자메시지 같은 소극적 방법으로 자신들을 홍보해 왔다면 이제는 TV를 통해 하루에도 수십 건의 대출 광고를 내보낼 만큼 적극적인 방법을 동원한다. 2017년 금융당국은 대부업 방송 광고 총량을 30% 감축하도록 하는 광고 총량 규제를 도입했다. '당장', '빨리' 등 대출이 쉽고 빠르다고 유혹하는 문구나 '여자니까 쉽게' 등 특정 집단을 지칭하는 문구를 금지하고 주요 시간대(22시~24시) 노출 비중도 제한했다. 규제는 강화되었지만, 대부업체는 전보다 더 교묘하고 다양한 방법으로 취약계층에 접근

하고 있다.

나는 그의 제안을 단호하게 거부했다. 원금 상환을 미루게 하려는 상담사의 속셈이 뻔히 보였다. 그의 목소리에서 실망과 체념이 묻어났다.

"이제 다 된 거죠?"

상환 절차를 마치고 마지막으로 상담사에게 물었다.

"네, 다 되셨습니다, 고객님."

전화를 끊으려 하자 상담사는 상냥한 목소리로 기어코 한 마디를 덧붙였다.

"다음에 또 필요하실 때 부담 없이 저희 00캐피탈에 전화 주세요."

씁쓸했다. 그리고 후련했다. 빚과 함께 이날의 기억까지 모조리 지워버리고 싶었다. 하지만 그럴 수 없었다. TV를 볼 때면 수시로 대부업체 광고가 나왔다. 장난스러운 CM송이 깔리고 친숙한 얼굴의 연예인과 귀여운 캐릭터가 등장해 빚을 지라고 권했다. 스쿠터를 탄 사내들은 집 앞, 학교, 직장, 온 사방 길바닥에 대출 전단을 뿌리며 지나갔다. 자본주의 체제가 건재하는 한 그날의 기억은 무한히 반복될 것이었다.

# 출국

여행에서 돌아온 이후로 제대로 잔 날이 없었다. 친구들을 만날 때면 아무 일 없다는 듯 먹고, 놀고, 여행담을 떠들었다. 그러나 돌아오는 버스 안에서, 아무도 없는 방 안에서 수시로 눈물이 흘렀다. 현이 갚아야 할 빚은 끝없이 생겨났다.

그러는 사이 워킹홀리데이 비자가 나왔다. 여행 전 미리 신청해둔 것이었다. 출국일이 한 달여밖에 남지 않은 상황에서 잔고가 텅텅 비어가는데 기적처럼 학교 선배 S가 손을 내밀었다. 재택으로 할 수 있는 단기 아르바이트감 일부를 내게 넘겨준 것이다. 밤잠을 줄이며 일에 열중했다. 열흘이 순식간에 흘렀다. 계좌에 찍힌 입금액이 믿기지 않아 한참을 들여다보았다. 이 돈이면 당분간 버틸 수 있겠지. 감사했다.

책임감과 죄책감 사이에서, 두려움과 용기 사이에서

서성였다. 시급이 높은 나라니까 열심히 일해서 돈을 모아야지. 부모님께 별 도움이 못 되더라도 내 몸 하나는 건사할 수 있을 거야. 하지만 이건 비겁한 도피가 아닐까. 이 모든 것을 뒤로하고 혼자 떠나도 되는 것일까. 나는 끝없는 질문으로 스스로를 괴롭혔다.

떠날 날은 성큼 다가왔다. 1년. 짧다면 짧고 길다면 긴 시간이었다. 낯선 나라에서 스스로 새로운 삶을 개척해야 했다. 떠나는 나를 배웅하기 위해 네 식구가 다 함께 차를 타고 인천공항으로 향했다. 현으로 인해 벌어진 우울한 상황과 어울리지 않게 가족 모두 나들이라도 가는 것처럼 들떴다. 우리 남매가 성인이 되어 고향을 떠난 뒤로는 네 식구가 다 함께 어디를 갈 일이 좀처럼 없었기 때문이었다. 3층 난간에 나란히 기대 공항 이모저모를 구경하는 우리 가족의 모습이 꽤 귀엽고 단란해 보였다. 한동안 못 보겠지. 나는 조용히 엄마, 아빠, 현, 세 사람의 뒷모습을 휴대폰 카메라에 담았다.


"힘들어도 우리 웃고 살자."

출국 게이트 앞. 아빠가 나를 끌어안으며 말했다. 그리고 목소리를 낮춰 한참 동안 신께 기도했다. 긴 시간

낯선 곳에서 살아갈 딸을 지켜달라고, 그곳에서의 삶을 인도해달라고, 은혜와 용기를 부어달라고.

아빠의 기도를 들으며 나도 마음으로 신께 기도했다. 우리 가족을 지켜달라고. 아프지 말고 건강하게 해달라고. 현을 붙들어 달라고. 제발 그가 평범한 일상으로 돌아오게 해달라고. 기도를 마친 아빠와 나의 눈가가 붉었다.

"들어가! 도착해서 연락하구."

식구들에게서 등을 돌려 게이트 안으로 들어갔다. 그제서야 떠난다는 사실이 실감 났다. 이제 나는 이국땅에서, 가족들은 한국에서, 각자의 삶을 감당해나갈 것이다.

통제력 상실 (Loss Of Control)　·　·　·

도박을 조절하거나 줄이거나

중지시키려는 노력이 반복적으로 실패함*

·····

*도박장애 진단기준 5번 항목. 『정신질환의 진단 및 통계 편람』 제5판,

　APA 지음, 권준수 외 8명 옮김, 학지사(2015)

# 2부

## 아홉 시간의 시차,
## 8,950km의 거리

# 화살

새로운 곳에 둥지를 트는 것은 여행하는 것과 전혀 달랐다. 돈이 있어야 먹을 수 있고, 머물 수 있었다. 초기 정착 비용으로 마련해간 150만 원은 빠른 속도로 수중에서 빠져나갔다. 혼자 떠났지만, 완전히 혼자는 아니었다. 한국의 친구들이 아일랜드에 있는 자신의 지인을 내게 연결해주고, 구직을 도와주고, 자기 비상금을 쪼개 생활비를 보태주었다. 고마운 사람이 하나둘 늘어갔다. 그들의 도움으로 하루하루를 꾸려나갔다.

호스텔에서 셰어하우스로, 구직자에서 패션 액세서리 판매원으로. 한국에서는 상상해본 적 없는 삶이 펼쳐졌다. 존재감 0의 상태에서 점점 나의 존재감을 키워갔다. 친구가 생기고, 단골 카페가 생기고, 도서관 회원증이 생기고, 마트에서 능숙하게 장을 볼 수 있게 됐다. 첫 주급을 받은 날은 밤공기가 참 달았다. 주급이 보편적인 아일랜드의 시스템이 얼마나 다행스러웠는지 모른다. 그렇게 타국의 삶에 적응해나가는 동안 한국에서 들려오는 소식은 점점 더 험악해졌다.

"걔는 이제 틀린 것 같아."

'틀렸다'는 아빠의 표현이 가슴을 아프게 찔렀다. 현의 행위가 아닌 그의 존재 자체가 실격이라고 낙인찍힌 것 같았다. 부모님은 이번만 갚아주면 다시는 도박을 하지 않으리라는 현의 약속을 믿었지만 믿음은 언제나 배신당했다. 100만 원만, 200만 원만, 300만 원만 갚으면 빚이 없어진다는 말을 믿었지만 실은 액수의 두 배, 세 배 넘는 빚이 있다는 것이 매번 뒤늦게 밝혀졌다. 대학교 과정을 마치고 싶다며 받아간 등록금까지 도박으로 몽땅 날렸다고 했다. 체념한 듯 덤덤한 말투에서 억누른 분노와 실망이 여실히 느껴졌다.

"너도 거기에 있고, 현이도 없으니 이제는 너희들 자취방을 빼야 할 것 같다. 괜찮겠니?"

아빠가 물었다.

"내 짐을 빠짐없이 옮겨주기만 한다면 난 괜찮아요."

나는 대답했다. 하지만 그 집을 빼면 현은 어떻게 되는 것일까.

엄마는 아빠의 상태를 알려왔다.

"삼시 세끼 꼭 챙겨 먹던 느이 아빠가 요즘은 밥 한 술을 못 뜬다. 며칠 동안은 이불로 몸을 싸매고 드러누워서 꼼짝도 안 했고⋯."

엄마는 아빠를 다독여 다시 일터로 나가게 했다. 하지만 엄마라고 멀쩡할 리 없었다.

"위경련이 갈수록 심해져서 밤에 몇 번을 깨는지 모르겠다."

부모님의 목소리는 점점 힘을 잃어갔다. 지독한 술주정뱅이였던 동네 아저씨와 그의 가족이 떠올랐다. 어느 날 밤, 그의 늙은 부모와 고등학생이던 딸은 십수 년에 걸친 그의 주사와 폭력을 견디다 못해 최소한의 짐만 손에 들고서 평생을 살아온 고향에서 멀리멀리 도망쳤다. 내리사랑의 한계는 얼마쯤일까. 부모 자식의 연은 어디까지 이어지고 어디쯤에서부터 끊어질까. 나는 생각했다.

그러던 어느 날이었다. 화살이 내게 돌아왔다.

"진작 말했으면 이렇게까지 안 됐을 거다. 네가 현이를 중독자가 되게 한 거나 다름없어."

부모님은 내가 애초부터 모든 걸 다 알면서도 숨겨주

었다고 오해하고 있었다. 씁쓸함과 함께 분노가 불길 같이 치솟았다. 그 말을 한 아빠에게, 문제의 시작인 현에게, 도박에 관대하고 대출의 악순환을 허용한 한국 사회에. 그러나 그 누구보다 미운 사람은 나 자신이었다. 그의 말을 의심 없이 믿은 나, 그가 시키는 대로 대출을 받아주고, 보증을 서고, 책을 팔아 빚을 갚아준 나. 멍청한, 나. 스스로를 미워하느라 진이 빠졌다. 해명하고 싶은 마음조차 생기지 않았다. 부모님과 나 사이에 오해가 깊어갔다.

# 사라진 책


부모님과 달리 내게는 현의 재발이 그리 충격적이지 않았다. 다만 자꾸만 믿고, 기대하고, 실망하길 반복하는 부모님이 답답해 보일 뿐이었다.

'도박은 쉽게 끊을 수 없어요. 실력 있는 상담가를 찾아가 치료를 받아야만 한다고요.'

그때 나는 담배처럼 도박도 '끊는' 것이라고 오해했다. 내게 실망스러운 건 현이 끝없이 쌓아 올리는 거짓말이었다. 작은 거짓말을 덮으려고 큰 거짓말을 하고, 또 그 거짓말이 들통나면 다른 거짓말로 덮는 악순환. 거짓말이 도박중독자의 깊은 병이자 증상이라는 걸 몰랐던 나는, 거짓말을 반복하는 현을 이해할 수 없었다. 애초에 거짓말을 시작하지 않으면 되는데, 왜 그 간단하고 자명한 해결책을 모를까.

재발은 계속될 것이고 현은 어떻게든 돈을 마련할 새로운 방법을 찾을 것이었다. 스멀스멀 불안한 예감이 기어 올라왔다.

'집에 두고 온 책을 팔아버리면 어떡하지?'

나는 엄마에게 전화를 걸어 부탁했다. 엄마 앞에서 현이 내 모든 책에 사인펜으로 줄을 긋게 하라고. 책을 팔지 못하게 하는 방법은 그것뿐이다. 이야기를 전해 들은 현이 말했다.

"꼭 그렇게까지 해야 해?"

자존심이 상한다는 투였다.

"응."

단호하게 대꾸했지만 실은 스스로에게도 몇 번이나 되물었다. 굳이 그렇게까지 현을 비참하게 만들어야 하냐고.

부모님은 날을 잡아 서울로 향했다. 우리의 자췻집을 정리하기 위해서였다. 문을 열고 들어간 부모님은 말을 잃었다. 아무렇게나 벗어던져 구겨진 옷들. 아무 데나 굴러다니는 먹고 버린 음식물 포장지들. 싱크대에 산처럼 쌓인 더러운 그릇들. 그 안에 들끓는 구더기….

발에 채는 것들을 발끝으로 밀며 들어간 방 안에는 수십 권의 책이 널브러져 있었다. 책장에는 군데군데 뭉텅이째로 책을 빼낸 빈자리에 남은 책들이 아무렇게나 쓰러져 있었다. 우려하던 일이 일어나고야 만 것이다. 팔아서는 안 된다고 분류해 남겨둔 책들. 그 책들을 현이 모조리 중고서점에 팔아치운 것이었다. 배신감으로 치가 떨렸다.

'너 빚 갚아준다고 내가 어떻게 했는데! 그깟 도박 때문에 내 물건을 팔아버려? 아무리 가족이라 하더라도 물건을 함부로 처리할 권리는 없는 거잖아!'

지독한 상실감이 몰려왔다. 그때 함께 책을 팔러 가지 말았어야 했는데. 그랬다면 그런 방법으로 돈을 마련할 생각을 못 했을 텐데. 자책하고 또 자책했다.

부모님은 현과 함께 영수증을 들고 중고서점으로 향했다. 그러나 이미 너무 늦어버린 뒤였다. 몇 권의 책은 되사왔지만 절판됐거나 희귀한 책은 진가를 알아본 이에게 이미 팔려 간 뒤였다. 현은 격앙된 말투로 변명했다.

"돈이 생기면 다시 되사오려고 했어. 그래서 영수증 하나도 안 버리고 가지고 있었던 거고."

나는 목소리를 떨며 현에게 소리쳤다.

"그 책들이 나한테 어떤 의미인데! 넌 나를 팔아버린 거나 마찬가지라고. 알아?!"

툭. 통화가 갑작스레 끊어졌다.

휴대폰을 호주머니에 집어넣고 숨을 가쁘게 몰아쉬었
다. 통신이 불량했는지, 현이 끊어버렸는지 알 수 없어
더 화가 났다.

책을 보면 울컥 화가 솟구쳤다. 어쩌다 책을 사고 싶
어질 때는 허무와 두려움이 찾아왔다. 사면 뭐해. 어차
피 다 잃을 텐데. 현과 함께 내 삶도 끝없이 추락하리라
는 비관이 나를 집어삼켰다. 악몽이 잦아졌다.

# 유배

현이 크게 다쳤다. 택배 일을 하던 중에 왼팔이 레일 안으로 말려 들어간 것이다. 당장 치료를 받아야 할 만큼 심각했다. 팔이 아파 제대로 씻지도, 입지도, 먹지도 못하는 지경이었다. 부모님이 치료비로 보내준 돈을, 현은 도박으로 몽땅 날렸다. 이성이 완전히 마비된 상태였다. 이번 한 번만 봐주겠다, 앞으로 딱 두 달만 지켜보겠다, 아무리 약속을 하고 겁을 주어도 소용이 없었다. 결국 부모님은 현을 고향으로 불러들였다.

따분한 시골에서 부모님의 감시 아래 지내는 건 그에게 유배나 다름없었다. 현은 고향으로 들어가길 필사적으로 거부해왔지만 더 이상 거부할 몸 상태가 아니었다. 현은 요양차 간다 생각하고 뜻을 굽혔다.

현은 매일 한의원에 찾아가 침을 맞았다. 고향에 머무는 대부분의 시간을 그는 잠으로 보냈다. 낮에도 자고 밤에도 잤다. 침을 맞으면서 자고 TV를 보다가도 잤다. 잠을 자지 않으면 먹었다. 고향집엔 먹을거리가 넘쳤다. 시골이라 가능한 일이었다. 산과 들과 논밭에서, 바다에서, 철 따라 끊임없이 무언가가 생겨났다. 엄마는 그것들을 따고, 말리고, 삶고, 볶아 반찬을 만들었다. 따뜻한 밥을 짓고 국을 끓이며 기도했다. 깡말랐던 현의 몸에 서서히 살이 붙었다.

부모님은 현과 한집에서 살면서 눈앞에 그가 있다는 사실, 그리고 그가 도박 환경으로부터 단절된 – 단절된 것처럼 보이는 – 것에 안심했다. 그러나 그 대가로 하루하루 초점 없고 무기력한 현의 모습을 지켜봐야 했다. 엄마의 풍성하던 머리숱은 무서운 속도로 빠져서 묶으면 한 줌밖에 되지 않았다. 일을 마치고 돌아온 아빠는 전보다 더 쉽게 지쳤다. 그런 이야길 전화로 전해 듣는 일은 고역이었다. 전화를 끊어버리고 싶었지만, 나의 부모가 가여워 차마 그럴 수 없었다.


엄마가 통화 중 갑작스레 현에게 전화기를 넘겼다. 현과 나 사이에 침묵이 흘렀다. 현이 말했다.

"지금은 별로 통화하고 싶지 않아."

"나도 통화하기 싫어."

그도 나도, 반드시 제가 먼저 끊고 말겠단 듯이 바삐 통화 종료 버튼을 눌렀다. 싸가지 없는 자식. 얼굴에 피가 쏠렸다. 문득, 아이를 한 명만 낳을 거라고 다짐하던 친구가 생각났다. 그는 '왜?' 하고 되묻는 나의 천진한 얼굴을 조용히 바라보다가 담담히 말했었다.

"나는 내 동생이 차라리 태어나지 않았으면 더 좋았을 거라고 생각해."

충격적으로 들렸던 친구의 말이 이해되었다. 현에 대한 원망과 증오가 나를 휘감았다. 불똥은 곧 신에게로 옮겨갔다. 나는 악다구니를 썼다. 당신은 왜 존재하나요? 아니, 존재하기는 하나요? 왜 우리에게 이런 일이 벌어진 거죠? 당신이 약속했다던 미래는 도대체 어디 있죠? 다 당신 책임이에요!

다 남 일이란 듯이 현과 내 부모와 내 나라의 모든 것을 잊어버리고 싶었다. 돌아가고 싶지 않았다.

# 크리스마스


크리스마스가 찾아왔다. 현과 마지막으로 통화한 지한 달쯤 지났을 때였다. 나는 애써 부모님과 밝은 목소리로 소식을 나누었다. 엄마는 또 갑자기 현에게 전화기를 넘겼다. 익숙한 침묵이 흘렀다. 더 어색해지기 전에말을 꺼내야 했다.

"메리 크리스마스."

미움으로 불타던 마음이 그 말을 내뱉고 슬며시 녹아내렸다. 전화기 저편에서 당황한 현의 얼굴이 그려졌다.

"어… 메리 크리스마스…."

현과 나는 늘 그랬다. 싸우고 나서 내가 화가 덜 풀린얼굴로 외면하면, 그는 슬그머니 다가와 팔뚝을 잡으며아무 일도 없었다는 듯 뭔가를 물어보았다. 질문으로말을 건네면 대답을 할 수밖에 없는 노릇이다. 나는 대답을 하다가 스르르 화가 풀렸다. 그게 우리였다.

전화를 끊고 크리스마스 조명이 가득한 시내로 향했

다. 이만하면 정말 메리메리한 크리스마스인걸. 온몸 위
로 너울대는 색색의 빛이 따뜻했다.

# 카지노

AFC 아시안컵 대회가 절정을 향해 치닫고 있었다. 대목을 맞은 시내의 한국 식당, 술집들은 저마다 자기네가 가장 큰 스크린을 걸었다느니, 가장 많은 테이블을 보유하고 있다느니, 한국이 승리할 경우 1+1로 공짜 술과 음식을 제공하겠다느니 하면서 홍보에 열을 올렸다. 한인사회와 워홀러들은 응원 열기에 한껏 들떴다. 나와 친구들도 예외는 아니었다. 사람들은 시내 곳곳의 한인식당, 한인 술집, 그리고 카지노의 스포츠 바로 몰려갔다. 나도 친구들을 따라 카지노로 향했다.

내가 사는 곳에서 걸어서 고작 5분 거리. 도시 중심부를 가로지르는 강을 따라 카지노가 우뚝 서 있었다. 출퇴근길이나 산책길에 카지노 앞을 무수히 지나다니면서도 안에는 한 번도 들어가 본 적이 없었다. 한낱 가난한 워홀러일 뿐인 나는 크고 화려한 카지노 앞에서 먼지처럼 작고 초라해 보였고, 연상되는 단어들은 '불법', '원정도박', '해외 도박장'처럼 뉴스 헤드라인을 장식할 만한 것들뿐이었다. 그러나 그곳은 카지노뿐만 아니라 호텔, 클럽, 고급 레스토랑, 푸드코트, 명품 매장 등이 들어선 복합 엔터테인먼트 공간이라 도시를 방문하는 사람들이라면 누구나 한 번쯤 들리는 관광명소였다.

"그거 알아? 여기서 로또에 당첨되면 영주권 나오는 거? 여기 로또는 당첨금이 어마어마하거든. 외국인이 당첨금 타서 해외로 빠져나가면 자기네 나라 손해잖아. 그러느니 차라리 영주권 주고 평생 여기서 당첨금을 쓰게 만들겠다는 거지. 전에 어떤 워홀러가 로또 샀다가 1등 당첨돼서 하루아침에 떼부자 되고 영주권까지 얻었대. 여기 한인사회에서 완전 유명한 이야기야."

카지노로 들어서며 친구들은 여러 재미난 이야기를 들려주었다. 나중에 알아보니 '카더라 소문'에 불과했지만 제법 설득력 있게 들리는 이야기였다. 그러면서 충고도 덧붙였다.

"30유로면 30유로, 50유로면 50유로, 액수를 정해놓고, 돈을 따려고 게임하는 게 아니라 그 돈만큼 쓰고 즐

기다 오는 거라고 생각해야 해."

명품 브랜드숍이 늘어선 복도를 지나 카지노 입구에 이르렀다. 덩치가 커다란 가드가 신분증을 체크하고 우리를 안으로 들여보냈다. 온갖 반짝이는 것과 역동적인 움직임, 소리가 카지노로 들어선 나의 오감을 사로잡았다. 화려한 샹들리에 조명, 베팅 금액이 기록된 전광판, 쉴 새 없이 구르고 돌고 떨어지는 색색의 공과 주사위, 카드를 섞고 건네는 딜러의 빠른 손놀림, 스크린 위를 달리는 경주마들, 원형 테이블에 둘러앉아 분주히 눈을 굴리는 사람들, 돈을 딴 이의 환호와 잃은 이의 탄식, 슬롯머신이 내는 유혹적인 효과음…. 할리우드 영화 속 주인공처럼 약간 우쭐한 기분이 들었지만 다행인지 불행인지 내게는 영화에서처럼 카지노를 뒤흔들만한 돈도 배짱도 없었다.

줄지어 선 슬롯머신을 지나쳐 드디어 본 목적지인 스포츠바에 들어섰다. 워홀 온 한국인들이 죄다 거기 모여 있는 것만 같았다. 상대 팀을 응원하는 중동 사람들도 곳곳을 가득 채우고 있었다. 커다란 스크린 위로 선수들이 입장하고 각 나라의 국가가 울려 퍼졌다. 본격적인 경기가 시작되자 스포츠 바 안에서 응원으로 기 싸움이 펼쳐졌다. 한국을 응원하는 쪽에서는 환호성이, 상태팀을 응원하는 쪽에서는 Fxxx을 외치는 소리가 점점 커졌다. 골이 들어갈 때마다 나와 친구들은 환호성을 지르고 보란 듯이 하이파이브를 하며 응원의 재미를 만끽했다. 결국 그날의 경기는 2:0, 한국의 완승으로 마무리되었다. 굿 게임! 상대 응원팀과 기쁨과 위로의 한 마디를 주고받으며 스포츠 바를 빠져나왔다.

하지만 이대로 카지노를 나서긴 아쉬웠다. 나와 친구들은 쉽고 간단한 게임을 찾아 두리번거렸다. 카지노에선 일부러 초짜에게 돈을 따게 만들어 더 큰 돈을 쓰게 만든다던데, 나는 따기는커녕 줄곧 잃기만 했다. 카지노에서 놀기 위해 준비해온 30유로가 순식간에 사라졌다. 카지노를 나설 때는 크게 돈을 따거나 잃은 사람 없이, 모두 준비해온 돈을 기분 좋게 써버린 상태였다. 그러나 내겐 약간의 죄책감과 묘한 감정이 뒤따랐다. 도박 때문에 우리 가족이 겪고 있는 불행을 생각하면 카지노에서 놀고 즐긴다는 건 있을 수도 없고, 있어서도 안 되는 일이었다. 때로 나는 현이 한국에서의 과거를 지우고 어디든 그가 가본 적 없는 외국에서 새로운 마음으로 새 출발을 하면 어떨까 상상했다. 새롭고 재미난 것들에 둘러

싸이면 도박 충동을 느낄 겨를도 없을 텐데, 하고. 하지만 어리석은 생각이었다. 한국보다 도박에 더 너그럽고 접근성 좋은 외국의 환경이 현에게 얼마나 유혹이 될지 안 봐도 뻔했다.

"노래방 가자!"

친구가 신나서 외쳤다.

"좋아!"

나는 그보다 한층 더 들뜬 목소리로 맞장구를 치며 잡념을 밀어냈다. 순간 카지노 앞에 늘어선 8개의 불기둥이 동시에 하늘로 불을 뿜었다. 사람들은 잠시 걸음을 멈추고 불꽃 쇼를 카메라에 담았다. 우리는 카지노를 뒤로하고 멀어져 갔다. 불기둥은 계속해서 솟아올랐다. 금방이라도 우리를 집어삼키기라도 할 듯이. 오늘은 그냥 보내지만, 내일은 기어코 보내주지 않겠다는 듯이. 더 거세게. 더 높이.

# 거리두기

한국에 계신 부모님과 전화 통화를 할 때마다 어김없이 현이 이야기가 나왔다. 요즘 어디서 어떻게 지내고 있는지(현은 치료를 받아야 한다는 핑계로 서울로 돌아갔다. 그리고 그대로 사라져 고시원에 들어갔다고 연락해 왔다), 어떤 의심 가는 정황이 있었는지, 언제 또 얼마를 날렸는지.

그 뒤엔 부모님의 하소연이 이어졌다. 아빠는 어디가 아프고, 엄마는 어디가 아픈지. 얼마나 빚을 졌고, 얼마나 갚아주었는지. 통화가 한없이 길어지면 마음이 자꾸 먼 곳으로 떠났다. 그만 듣고 싶다. 오늘 저녁엔 뭘 해 먹지. 내일은 몇 시에 일어나 일을 하러 가야 하더라? 그럴 때마다 스스로를 타일렀다. 들어줄 사람이 나 말고 또 누가 있겠어. 그렇게라도 말을 밖으로 꺼내면 부모님의 마음이 조금이나마 아물겠지. 그러니 듣자. 지금 내가 할 수 있는 건 들어주는 것뿐이다. 하루가 멀다 하고 집으로 걸던 전화가 일주일에 두어 번으로, 또 몇 달이 지나니 한 달에 두어 번 정도로 뜸해졌다. 전화가 뜸해질수록 마음도 멀찍이 물러섰다. 한국이 아닌 여기에 있어 참 다행이야. 나까지 한국에 있었더라면 초상집 같은 집안 분위기에 짓눌려 다 같이 우울했겠지. 집안에 멀쩡하고 씩씩한 사람이 한 명이라도 있어야 했다. 그게 나여야 했다. 점점 아일랜드에서의 삶에 무게가 실렸다.

아홉 시간의 시차, 8,950km의 거리. 마음만 먹으면 무슨 일이 있었냐는 듯, 별일 없이 산다는 듯, 무심하게 굴 수 있었다. 하지만 그곳과 이곳의 거리는 점차 나를 부모님과 현의 일에 무력하게 만들었고, 그 사실을 곱씹을 시간은 무한대로 손에 쥐여 주었다. 의식적으로 거리를 두려 하면 할수록 마음 한편엔 죄책감과 자학과 분노가 싹을 틔우고 쑥쑥 자랐다. 신에게 기도하는 것조차 너무 손쉽고 비겁하게 느껴졌다. 끝이 보이지 않는 싸움이었다. 그 싸움에 휘말린 나 자신이, 내 부모가, 가련했다.

자기 연민의 늪은 원래부터 내 집이었던 것처럼 아늑했다. 나는 그 안에 들어앉아 빗장을 굳게 걸어 잠갔다.

# 엄마의 학구열

어느 날, 엄마는 사회복지사 자격증을 따겠다고 선언했다. 한 사이버대학의 석사 과정에 등록하더니, 펼쳐볼 엄두도 안 날 만큼 두껍고 커다란 개론서들을 잔뜩 사들여 책장을 채웠다. 그중에는 중독치료란 단어가 들어간 제목의 책도 있었다. 엄마는 느려터진 구식 컴퓨터 앞에 앉아 하루도 빠짐없이 온라인 강의를 들었다. 가끔은 실습을 위해 도시로 나가기도 했다.

"자식이 죽어가는 마당에 그깟 공부가 뭐라고 컴퓨터 앞에 온종일 앉아있느냐 말이야."

아빠는 내게 엄마에 대한 불만을 쏟아냈다. 그렇다고 아빠에게 현을 통제할 묘수가 있는 것도 아니었다. 시골에 사는 부모님이 도시에 사는 현을 데리고 상담을 받으러 다니는 건 현실적으로 어려웠다. 그저 알아서 상담을 잘 받겠지, 하고 믿는 수밖에. 그렇게 속고도 그런 안일한 태도라니. 아빠는 엄마를 답답해했지만, 엄마나 아빠나 답답하기는 마찬가지였다.

아빠가 어떤 말로 방해를 해도 엄마의 의지는 확고했다. 신이 주신 소명. 그 소명을 따른다는 명분. 그것은 누구도 쓰러뜨릴 수 없는 방패였다. 엄마는 본업에서 얻은 수입을 고스란히 학비에 투자했고, 매 학기 성적우수 장학금을 받아 보란 듯이 그다음 과정에 등록했다. 엄마는 장학금을 받고서 들뜬 목소리로 내게 전화를 걸어왔다. 일이 너무 바빠 어느 과목은 벼락치기로 공부했는데 시험을 잘 봤다거나, 어느 교양 과목은 시간을 거의 투자하지 않았는데도 금방 늘었다고. 수가 뻔히 드러나는 자랑질이라 오히려 몹시 귀여웠다. 그럴 때 엄마는 꼭 천진난만한 소녀 같았다. 나는 내 엄마가, 엄마의 열의와 성취가 대단하고 자랑스러웠다. 하지만 때론 아빠와 한마음이 되어 '지금이 그럴 때냐'고 외치고 싶었다.

아빠와 엄마는 전혀 다른 소식을 전해주었다. 아빠는 현이 또 빚을 내 도박을 했고, 독촉 전화를 받는다며 600만 원을 갚아달라 했다고 내게 전했다. 그러나 엄마는 현이 새 직장에서 일을 잘해 매니저가 되었으며, 좀 더 열심히 하면 정직원이 될 거라고 내게 말했다. 아빠의 이야기 속에서 현은 대놓고 돈을 요구하는 뻔뻔한 망나니였고, 엄마의 이야기 속에서는 안정을 되찾은 성실한 직장인이었다. 나는 엄마의 어깨를 붙들고 마구 흔들고 싶은 충동을 느꼈다. 마구 흔들어서 엄마에게서 현실 부정과 막연한 낙관을 모조리 털어내고 싶었다. 그런 생각을 하는 내가 끔찍하게 느껴질 때면 엄마에게 괜히 핀잔을 주며 서둘러 통화를 마무리했다. 엄마는 영문도 모른채 내 뾰족한 말들에 자꾸만 마음을 긁혔다. 그러나 실은 나도 엄마만큼이나 간절히 현이 도박을 끊었다고 믿고 싶었다. 차라리 고통에 무감하기로 한 사람처럼 엄마는 아프다는 티조차 내지 않았다.

어느 날, 미처 삼키지 못한 말들이 입 밖으로 튀어나왔다.

"근데 그렇게 공부해서 뭐해?"

아빠의 볼멘소리에도 철통방어를 해오던 엄마는 나의 말에 비명처럼 울음을 터뜨렸다.

"공부라도 하지 않으면 머리가 터질 것 같아서 그런다. 이거라도 해야 내가 살 것 같아서 그래!"

그건 절박함이었다. 살기 위한 사투였다. 엄마는 공부에 매달려 생을 간신히 견디고 있었다. 뒤늦게 후회와 자책이 밀려왔다. 나라도 엄마의 편을 들어줄걸. 엄마는 잘하고 있다고, 멋지다고, 자랑스럽다고, 힘내라고, 소리 내 말해줄 걸. 미안하다는 말이 목에 걸려 나오질 않았다. 엄마가 미쳐버리면 어쩌지. 가까스로 붙잡고 있던 이성의 끈을 내가 끊어버린 거면 어떡하지. 나는 두려웠다.

# 탕자

꽤 무서운 꿈을 꾸고서 소스라치며 잠에서 깼다. 무슨 의식의 흐름인지 성경의 한 대목이 떠올랐다. 누가복음 15장 11~32절. 흔히 '돌아온 탕자', '잃은 아들을 되찾은 아버지 비유'라 불리는 예수의 비유가.

줄거리는 이러하다. 어떤 사람에게 두 아들이 있었다. 어느 날 작은아들이 고개를 빳빳이 쳐들고 아버지에게 떼를 썼다. 제 몫의 유산을 미리 달라는 거다. 아버지가 두 눈 시퍼렇게 뜨고 살아있건만, 어지간히 뻔뻔했던 모양이다. 아버지가 유산을 나눠주자 작은아들은 재산을 몽땅 가지고 먼 타국으로 떠났다. 얼마 못 가 재산을 다 탕진하고 엎친 데 덮친 격으로 그 나라에 흉년까지 들자, 도저히 버틸 수 없었던 탕자는 아버지에게 전갈을 보냈다. '내 죄를 내가 압니다. 부디 저를 품꾼으로라도 받아주세요, 아버지.'

전갈을 받은 아버지는 꾸짖기는커녕 버선발로 뛰어나가 돌아온 작은아들을 맞이했다. 목을 안고, 입을 맞추고, 동네방네 알리며 환영 잔치까지 열었다. 온종일 뼈빠지게 일하다 집으로 돌아온 큰아들은 이 시끌벅적한 풍경을 보고 분노했다. 그러자 아버지가 큰아들을 다독이며 말했다.

"얘, 너는 항상 나와 함께 있으니 내 것이 다 네 것이잖니. 네 동생은 죽었다가 살아났고, 내가 잃었다가 얻었으니 마땅히 기뻐해야 하지 않겠니?"

살갑지 못한 성격의 엄마는 내게는 무뚝뚝하면서도 현에게는 부드럽고자 애썼다. 어떤 때는 그 모습이 설익은 배우의 실패한 연기처럼 보이기도 했다.

'아픈 손가락이라 그렇겠지. 아픈 손가락 하나가 나머지 아홉보다 더 눈에 밟히는 법이라 그렇겠지.'

엄마의 변호사 노릇을 자처하다가도 불쑥 미움이 비집고 올라왔다. 그렇게 당하고도 현에게는…! 그런 생각 끝엔 늘 모래알 씹듯 죄스러움이 바글거렸다. 이만큼 나이를 먹고도 엄마의 관심을 갈구하다니. 한심스럽기 짝이 없다 생각하면서도 가슴이 찌르르 아팠다.

나는 생각했다. 탕자가 집으로 돌아오길 망설였던 건 아버지에게 죄송스럽다거나 동네 사람들에게 창피해서가 아니었는지도 모른다.

"그따위 짓을 해놓고 다시 돌아와 나와 같은 집에서 함께 먹고 마시겠다고?"

하며 눈을 부릅뜨고 노려볼 형이 두려웠던 게 아닐까. 탕자는 집으로 돌아가 아버지의 환대를 받으면서도 형의 눈치를 보느라 힘겹지 않았을까.

현이 돌아오지 않는 것은 혹시.

혹시 나 때문이 아닐까.

# 뜻밖의 전화

새벽 5시면 기상 알람이 울린다. 세수를 하고 형광 주황색의 작업복과 캡 모자를 걸친 뒤 1층 주방으로 내려간다. 우유에 시리얼을 말아 가볍게 아침 식사를 한 뒤 냉장고에서 전날 미리 준비해둔 도시락을 꺼내 가방에 챙긴다. 현관문을 열면 신발장 맨 아래 칸에 작업용 운동화가 줄줄이 놓여 있다. 나의 신발은 흙이 잔뜩 묻은 225mm 워커. 두툼한 양말을 신은 발을 워커에 밀어 넣고 집 밖으로 나간다. 자동차 헤드라이트에서 나오는 노란빛이 어슴푸레한 새벽을 가른다. 농장으로 일꾼들을 실어 나를 차들이 시동을 걸고 예열 중이다. 새벽 공기를 들이마시며 하우스메이트들과 함께 차에 올라탄다. 시내에서 변두리로 40분 거리를 달려 아침 6시 반, 딸기 농장에 도착한다.

라텍스 장갑을 끼고 비닐하우스 안으로 들어가 쭈그려 앉아 딸기를 따기 시작한다. 상품성이 좋은 딸기는 투명한 팩으로, 못 생기거나 상처 난 딸기는 잼(jam)용 딸기 통으로. 손을 부지런히 놀려 커다란 트레이를 딸기가 담긴 팩으로 차곡차곡 채워나간다. 꽉 찬 트레이를 여러 개 쌓아 올리면 커다란 트럭으로 가져가 싣는다. 내내 쭈그려 앉아 일하기 때문에 틈틈이 일어나 허리를 펴지 않으면 다리가 저려 움직일 수 없다. 11시 반쯤, 허기가 밀려오면 일손을 멈추고 비닐하우스 앞 적당한 곳에 자리를 잡고 앉는다. 준비해온 도시락을 까먹으며 잠시 땀을 식힌다. 트레이를 몇 개나 채웠는지, 로우(줄)를 몇 개나 작업했는지가 대화의 주요 주제다. 점심을 먹고 나면 다시 작업을 시작한다.

오후 5시경, 딸기 농장의 일과가 마무리된다. 작업복을 털며 차에 올라탄다. 집에 돌아오는 길, 출근 때는 어두워 미처 보이지 않았던 풍경이 눈에 들어온다. 산과 들과 그 위를 노니는 양들. 야생동물을 조심하라는 교통 표지판. 자그마한 강과 다리. 별거 없어 보이는 시골 길도 내게는 훌륭한 드라이브 코스가 됐다.

집으로 돌아와 개운하게 샤워를 하고 옷을 갈아입는다. 부엌으로 내려가 요리를 한다. 하우스메이트들과 식탁에 둘러앉아 음식을 나눈다. 집고양이 한 마리가 다리들 사이를 어슬렁대다가 무릎으로 뛰어오르기도 한다. 다정하고 활기찬 저녁 식사가 끝나면 각자 방으로 들어가 드라마를 몰아보거나 서로의 방으로 찾아가 수다를 떤다. 홍콩에서 온 친구들에게 칸토니즈(Cantonese)로 '어디 가?', '뭐해?', '조심해' 같은 문장을 말하는 법을 배우며 꺄르르 웃고, 미용 기술을 배운 친구에게 부탁해 머리를 다듬기도 하고. 그러다 보면 밤이 온다. 10시에서 11시쯤이면 침대에 든다. 내 발치께에 누워 몸을 웅크린 고양이의 온기를 느끼며 잠든다. 이렇게 일과가 마무리된다. 철을 따라 일의 내용과 터가 바뀌었다. 딸기 농장에서 사과농장으로, 사과농장에서 포도농장으로 자리를 옮기며 가지를 치고, 묶고, 열매를 거둬들였다. 집에서 일터로, 일터에서 집으로. 단순하고 소박한 일상으로 평일을 보내면 주말이 왔다. 주말에는 시내로 나가 커피를 즐기고, 쇼핑을 하고, 외식을 했다. 노인들 60여 명이 교인의 전부인 유서 깊은 성공회 교회에 나가 예배를 드리고 파이프 오르간 연주자의 연주를 지켜봤다. 바다가 있는 먼 동네로 드라이브를 가거나 집주인 아저씨를 따라 동네 호수로 다 함께 낚시를 가기도 했다. 농장일이 없는 날이 길어지면 여행을 떠났다. 해안도로를 따라 남에서 북으로, 북에서 남으로 차를 달렸다. 친구들과 함께 있을 때 나는 외로움도, 걱정도 다 잊을 수 있었다.

그러던 어느 날, 보이스톡이 걸려왔다. 현이었다. 마지막 연락을 한 건 수개월 전. 신호를 놓치지 않으려고 서둘러 전화를 받았다.

"여보세요."

"걱정도 안 돼?"

힘겹게 말을 꺼낸 현은 한참을 흐느꼈다. 그의 서운함이 고스란히 느껴져 목이 멨다. 연락할 준비가 될 때까지 기다렸던 거야. 말을 목구멍 밑으로 누르고 가만히 그의 말을 기다렸다.

"얘기할 사람이 너밖에 없어."

제발 들어달라는 말로 들렸다. 전화를 걸기까지 얼마나 망설였을까. 얼마나 외로웠을까. 애써 담담하게 안부를 물었다.

"밥은 잘 먹고 다녀?"

현은 그간의 일을 털어놓았다.

"점심은 같이 일하는 아줌마 직원들이 도시락 반찬을

나눠줘서 그걸로 해결해. 저녁은 일주일에 두어 번 먹을까 말까 하고."

끼니를 거르는 게 일상이라고 했다. 사정을 짐작한 회사 동료들이 말없이 여러모로 도와주는 모양이었다. 월급이 들어와도 대출 이자로 다 빠져나가 생활비가 한 푼도 없다고 했다. 고시원을 전전하다가 그마저도 낼 돈이 없자 현은 노숙을 택했다.

"제대로 발 뻗고 잔 게 언제 적인지 모르겠어."

현은 대부분의 날을 회사에서 잤고 간혹 친구 집에 하룻밤 묵거나 그도 여의치 않으면 노숙을 했다. 교통비가 있을 때보다 없을 때가 더 많아 무임승차를 하거나 걸어 다녔다. 망가진 삶이 억울해 한동안 막살았다고 했다. 그러다 어느 순간 '살아야겠다'는 생각이 들었다고 했다.

"개인회생 신청을 하려고 하는데 휴대폰이 없으니까 진행하기 힘들어."

휴대폰은 장기연체로 정지된 지 오래였다. 와이파이가 터지는 곳에 가서 인터넷을 연결해야만 연락을 할 수 있었다. 그가 들려주는 이야기의 풍경은 황량하기 그지없었다. 그가 털어놓은 말들을 아프게 들으면서도 나는 혹시, 혹시, 하고 의심했다. 거짓말은 아닐까? 이렇게 동정을 얻어 뭔가 얻어내려고 하는 건 아닐까? 둘로 갈라진 마음이 머리를 어지럽혔다. 그러면서도 한편으론 다행이라고 생각했다. 내게 전화를 걸어주어서. 아주 마지막 순간에 네가 기댈 수 있는 사람이 여전히 나여서.

돈을 주는 건 위험했다. 힘겹게 거절했다. 상황이 이러저러해 돈을 보내긴 어렵겠다고. 현은 내게 말을 하고 나니 마음이 진정된다고 말했다. 전화를 끊고 내가 뭘 할 수 있을까 곰곰이 생각했다. 한국에 있을 때 자주 가던 식당이 떠올랐다. 식당에 전화를 걸어 보름치 식권을 사며 주인장에게 현의 이름을 일러두었다. 끼니만이라도 해결해주고 싶었다.

자야 하는데.
자야 하는데.
자야 하는데.

휴대폰을 들고 침대에 모로 누워 스크롤을 끝없이 내렸다. 내게 닥친 상황이 별것 아니란 듯이 SNS상의 게시물에 '좋아요'를 누르고, 댓글을 달고, 링크를 클릭해 기사를 읽었다. 강해진 것일까, 현실감각을 잃은 것일까, 자기방어적인 이기심일까. 나와 무관한 제삼자의 일인 것처럼 아무 생각도 들지 않았다. 스크롤을 하다 질려 휴대폰을 머리맡에 던졌다. 그리고 하나님을 향해 소리 없이 외쳤다. 이럴 수가 있나요? 도와주세요. 치료해주세요. 인도해주세요. 그분은 답이 없었다. 늘 그랬듯.

기적은 바라지도 않으니 현이 죽지만 않게 해달라고 빌었다. 그러다 밤이 샜다. 일을 쉬었다.

# 캠퍼스 투어


"학교를 졸업하면 졸업생 비자로 2년을 더 머물면서 관련 분야의 경력을 쌓을 수 있어요."

유학원 직원은 모니터에 나의 조건에 맞는 학교 리스트를 쭉 띄워놓고 바쁘게 설명을 이어갔다. 한국에서의 과거를 뒤로하고 내 인생의 새로운 챕터가 펼쳐질 것만 같은 기대감으로 마음이 일렁였다. 영주권을 얻어 정착할 생각까지는 없었지만, 한국으로 돌아가는 것은 선택 사항에 없었다. 언어나 문화에서 비롯된 차이, 어려움은 내게 장벽이 아니었다. 오히려 그곳에서의 삶은 매일이 즐거운 발견이었고 나를 새로운 배움과 기회로 이끌었다. 유학은 호기심 많고 탐험을 좋아하는 나의 천성에 부합하는 결정이었다. 한국에 대한 향수가 틈입할 여지는 조금도 없었다. 두 곳의 학교에 캠퍼스 투어를 신청하고 나니 다시 학생이 되어 캠퍼스를 누빌 나의 미래가 손에 잡힐 듯 가깝게 느껴졌다.

학교의 투어 담당자는 반가운 인사로 나를 맞았다. 캠퍼스 투어 당일은 마침 개강 첫날이었다. 발랄하고 싱그러운 기운이 온 캠퍼스를 감돌았다. 커리큘럼에 대해 설명을 듣는 학생들의 얼굴에 진지함이 묻어났다. 인종, 사회, 문화적으로 다양한 배경을 가진 학생들과 함께하는 캠퍼스 생활은 어떨까? 매일이 신선한 자극으로 가득하고 한국과 전혀 다른 관점, 방식의 결과물을 만들어내겠지? 이곳의 파티 문화와 캠퍼스의 낭만이란 어떤 것일까?

투어 담당자를 따라 학교를 둘러보며 나는 이 모든 풍경이 내 것이 되기를 소망했다. 학교를 다니는 데만 2년, 졸업생 비자를 받아 또 2년, 그 이후에는 워킹 비자를 받아 또 몇 년을 지낼 수 있겠지. 적어도 4년, 길면 십수 년을 타국에서 보내려면 준비할 것이 많았다. 잠시 한국으로 돌아가 두고 갈 짐과 가져갈 짐을 구분해 챙기고, 가족 및 친구들과 작별 인사를 해야 했다. 한국행 비행기에 오르며 나는 아일랜드의 친구들에게 말했다.

"두어 달 뒤에 돌아올게. 그때 봐."

그리고 다시는 그들을 볼 수 없었다.

&#x275D;

상황을 바꾸는 것이 더는 불가능할 때,
우리는 스스로를 변화시켜야 한다.

&#x275E;

빅터 프랭클, 〈죽음의 수용소에서〉

# 3부

## 도움을 청할 용기

# 귀국

한국에 돌아오자마자 상황이 급변했다. 두어 달 머물고 아일랜드로 돌아가려던 계획은 십 수일 만에 무너져 내렸다. 이제 나는 어떻게 살아야 하나. 원망과 미래에 대한 불안이 삽시간에 나를 장악했다. 현을 고치기 위해서는 내가 한국에 있는 게 낫겠지. 한숨 섞인 합리화를 하다가도 정작 그 말이 부모님의 입에서 나올 때면 숨이 턱 막히고 화가 끓어올랐다. 그러나 이미 충분히 힘겨운 부모에게 나까지 화를 내어 그들의 시름을 더할 수는 없었다. 밖으로 표출하지 못하고 꾹꾹 눌러 담은 감정들이 일기장 위를 사납게 날뛰고 할퀴어댔다. 그때 팅- 메시지 알림이 떴다.

"안녕하세요, 00유학원입니다. 등록 및 입학 일정 안내해 드립니다. 유학은 예정대로 진행하시나요?"

유학원에서 보낸 메시지였다. 한국에 다시 정착하기 위해 처리해야 할 일들이 그제야 하나둘 떠올랐다. 먼저 유학원에 유학을 취소하게 되었다고 알려야 했다. 아일랜드로 돌아가지 않게 되었다는 간단한 문장을 만드는데 한참이 걸렸다. 쓰고 지우기를 반복하며 가장 건조하고 평이한 단어를 골랐다. 답장을 보낸 뒤 유학원과 주고받은 메시지를 모두 삭제했다. 그다음은 아일랜드 정부에서 걷어 간 세금을 환급받는 일. 아일랜드 국세청 홈페이지에 들어가 기재해야 할 내용을 입력하고, 문서를 첨부하고, 제출 버튼을 클릭했다. 며칠 후 환급액이 입금됐다. 나는 돈을 한국 계좌로 옮긴 후 계좌를 닫았다. 이로써 아일랜드와의 공식적인 연이 모두 끊어진 셈이었다. 이제 무얼 해야 하나. 덩그러니 혼자뿐인 집에 내 물건이라고는 아일랜드에서 꾸려온 짐가방 두어 개가 전부였다. 계속 이 집에서, 한국에서 살아가려면 살림살이며 내 물건들을 도로 들여놓아야겠지. 나는 고향으로 향했다.

부모님은 반가운 얼굴로 나를 맞았다. 스마트폰과 씨름하던 아빠는 내게 조작 방법을 물었다. 이리저리 살펴보고는 이내 해결책을 알아낸 후 빠르게 손가락을 놀리며 설명을 하자 아빠는 휙휙 넘어가는 화면을 소화하지 못하고 '천천히'를 외쳤다.

"엄마 아빠도 이제 늙었어. 그러니까 네가 이해해줘
야 해."

못 본 사이 아빠의 머리는 흰 머리카락으로 뒤덮여있
었다. 나의 나이만큼 오래된 집에서 나의 부모도 함께
늙어가고 있었다. 늙고 약해졌음을 인정하고 이해해달
라는 부모를 보니 마음이 아렸다. 약해진 것은 몸뿐이
아니었다. 아빠는 내 앞에서 감정을 숨기지 못했다. 현이
너무 보고 싶다고, 너무 마음이 아프다고 아빠가 말할
때, 나는 뻐근해진 목울대를 문지르며 눈물을 참았다.

가지고 나갈 짐을 꾸리기 위해 창고가 되다시피 한 내
방으로 들어갔다. 어느 정도 정리가 다 되어갈 무렵 한
숨 쉬어갈 겸 책장에 꽂힌 사진 앨범을 펼쳐 들고 자리
에 앉았다. 사진 속에서는 일곱 살 무렵의 나와 현이 함
박웃음을 지으며 카메라를 응시하고 있었다. 세상에 대
해 어떤 적의도 경계심도 없이 마냥 순수하고 해맑은 우
리가, 미래에 닥쳐올 불행이라곤 한 치도 내다보지 못한
채 웃고 있는 나와 그가, 거기 있었다. 그때로 돌아갈 수
만 있다면. 모든 걸 다시 시작할 수 있다면. 부질없는 온
갖 가정들을 앨범과 함께 덮었다.

또 다른 앨범을 펼쳐 들었다. 거기엔 엄마의 고교, 대학 시절 사진, 엄마와 아빠의 결혼식 사진이 꽂혀 있었다. 젊고 싱그러운 두 남녀의 모습이 보기 좋았다. 저 때 그들은 어떤 미래를 상상했을까. 어떤 가정을 꾸리고 싶었을까. 저들은 자신들이 낳아 기른 아이들이 어떤 사람이 되길 바랐을까. 그 아이들이 커서 지금의 나와 현이 될 거라고 예상이나 했을까. 서러워 눈물이 났다. 삶이 도대체 무엇일까. 찰나의 기쁨이 이토록 쓰고 허망하고 지루한 삶을 지탱해나갈 만한 이유가 될 수 있나.

"저녁상 차리자!"

엄마의 부름에 앨범을 제자리에 꽂아 넣고 주방으로 향했다. 오랜만에 고향에 온 딸을 먹인다고 엄마는 몹시 분주했다. 상을 놓고 보니 상다리가 부러질 만큼 반찬이 많았다. 네 식구가 함께 저녁을 먹을 수 있으면 좋을 텐데. 현은 어디로 가버렸을까. 문득 떠오른 생각에 밥상을 앞에 두고 잠시 울컥했다. 마땅히 즐겁고 기뻐야할 때도 우울은 내 삶의 순간순간을 부지런하고 촘촘하게 망쳐놓았다. 평범한 가족의 일상이 우리에겐 허락되지 않았다. 그 일상을 깨뜨린 현이 미웠다.

귀국. 한국으로 돌아와 삶을 꾸린다는 것은 가족과 다시 묶인다는 뜻이었고, 현과 우울이란 족쇄에 매여 허우적대는 날들이 반복될 거란 뜻이었다. 영겁 같은 하루하루를 어떻게 하면 견뎌낼 수 있는지, 어떻게 하면 우울에서 빠져나올 수 있는지 나는 도무지 알 수 없었다. 점점 말수가 줄어갔다.

# 상담사를 찾아가다

버거운 날들이 이어졌다. 속으로 곪아갔다. 아파트 베란다에 우두커니 서서 낙하하는 몸을 상상하다가 이대로 나를 두어서는 안 되겠다는 생각이 들었다. 내게 필요한 것은 용기였다. 도움을 요청하고 그 도움을 받을 용기. 나는 절박한 심정을 짙은 화장 아래 숨기고 상담사를 찾아갔다.

첫 상담은 편안한 분위기에서 수다를 떨듯 이루어졌다. 나는 내 상황과 심경을 차분하게 털어놓았다. 상담사는 내가 무기력과 우울이라는 정서에 압도되어 있으며 모든 에너지를 거기에 매몰시키고 있다고 진단했다.

"저의 최우선적 목표는 오빠분이 아니라 선생님의 상태를 회복시키는 겁니다. 일단 자신을 먼저 챙기세요. 그러려면 어느 정도의 에너지를 어디에 분배할 것인지 스스로 결정해야 해요."

온 가족이 현의 상태에 신경을 곤두세우고 있는 상황

에서 누군가는 나의 회복을 우선으로 놓고 돕는다는 사실이, 그리고 나 자신을 우선으로 돌보는 게 절대 이기적인 욕구가 아니라는 말이 위안이 되었다. 나는 결심했다. 60%의 에너지를 일에, 30%의 에너지를 나의 회복에, 10%의 에너지를 현에게 쓰기로. 결심한 만큼 실천하긴 어려웠지만, 결심만으로도 회복을 향해 한 걸음을 내디딘 셈이었다.

첫 상담 이후 나는 주기적으로 상담사를 찾아갔다. 때로는 개인 상담을 받고, 때로는 집단상담에 참여했다. 다른 집단상담 참여자들의 이야기를 듣다 보면 상황은 다르지만 아주 작은 부분이라도 공감하면서 눈물을 훔치게 되는 순간이 왔다. 나만이 고통 속에 있는 것은 아니구나. 저마다 나름의 고통을 겪고 있구나. 상담소에서 열리는 여러 프로그램에 참여하며 나는 조금씩 여유를 되찾아갔다.

"지금 나는 얼마나 행복하다고 느끼나요? 0부터 100까지 수치로 표현하면 얼마쯤 되나요? 0은 맨 왼쪽, 100은 맨 오른쪽입니다. 걸어가서 서 보세요."

사람들이 천천히 걸음을 옮겼다. 나는 어디쯤 서야 할까. 한국으로 오기 전엔 80쯤이었는데. 먹고 잘 곳이 있으니 극도의 불행까진 아니지. 하지만 허허벌판에 내던 져진 느낌을 떨칠 수는 없었다. 줄 지어선 사람들로 커다란 원이 만들어졌다. 나는 40에 섰다.

일상으로 돌아가자고 되뇌며 나는 스스로를 다잡았다. 그러나 수시로 현의 안부가 걱정되었다. 한국으로 돌아왔다고 알린 후 나는 가끔 그가 머무는 고시원 근처로 찾아가 밥을 사주곤 했다. 그러나 어느 날부터인가 연락이 두절된 후 죽었는지 살았는지 알 길이 없었다. 길거리에서 노숙자들을 보면 현이 떠올랐다. 현도 저렇게 어딘가에서 헤매고 있지 않을까. 실종신고라도 해야 하는 게 아닐까. 한번 시작된 걱정은 멈출 생각을 안 했다. 과거의 온갖 기억을 떠올리며 현이 왜 도박에 빠졌을까 유추하고 분석하려 했다. 그러나 이유를 찾으려는 시도는 언제나 실패했고 도리어 나 자신을 갉아먹었다. 상담사는 말했다.

"자각이 삶에 에너지를 주진 않아요. 생각만 많아지죠. 몸을 움직이면서 놀아야 해요. 생각을 줄이고 편안해져야 에너지가 생겨요."

상담사의 조언은 효과를 발휘했다. 새로운 사람들을 만나고 관계를 쌓아나가고 해야 할 일들을 하나씩 해나가며 나는 한국에서의 삶에 적응해나갔다. 불투명하기만 하던 미래가 조금씩 선명해져 갔다. 그때, 현에게서 문자메시지가 왔다.

"나 지금 집에 가는 중이야."

# 패닉-오빠가 돌아오다

"나 지금 집에 가는 중이야."

행방불명된 지 한 달 만이었다. 뭘 어떻게 알고 온단 말이지? 다급하게 엄마에게 전화를 걸었다.

"엄마, 현이한테 집 주소 알려줬어?"

애써 태연한 척 엄마가 대꾸했다.

"응. 너무 힘들다고 연락이 왔길래 그리 가라고 했어."

"설마 현관 비밀번호 알려준 거야?"

"응. 어차피 네가 데리러 가는 거나 현이가 알아서 찾아가는 거나 똑같으니까…."

"그게 어떻게 똑같아!"

악에 받친 나의 목소리가 방을 뒤흔들었다. 엄마의 숨소리가 가빠졌다.

"미리 말이라도 해줬어야지 갑자기 이러면 나보고 어쩌라고!"

나는 거칠게 엄마를 몰아붙이고는 전화를 끊었다. 현이 온다면 이 집도 더 이상 안전할 수 없었다. 활짝 열린 방문 밖으로 베란다가 보였다. 덜덜 떨리는 손으로 상담사에게 전화를 걸었다.

"도와주세요. 오빠가 지금 집으로 오고 있대요. 어떻게 해야 할지 모르겠어요. 20분 뒤면 도착한대요."

두서없는 말들이 제멋대로 쏟아져 나오다가 울음으로 변했다. 공포와 불안이 사방에서 밀려들어 숨을 틀어막았다.

"숨 쉬어요, 숨! 천천히 심호흡하세요. 들이마시고, 내쉬고!"

상담사의 목소리가 가까스로 나의 의식을 붙잡았다.

"선생님이 먼저 편안해져야 오빠도 경계심을 풀 수 있어요. 대답하기 힘들어할 만한 건 묻지 말고 오빠가 대답할 수 있는 것만 물어보세요. 할 수 있겠어요?"

"…네."

상담사는 나를 진정시키며 관찰자로서 현을 지켜보라고 지시했다. 전화를 끊고 현관 앞에 섰다. 올 시간이 임박해있었다. 괜찮아. 괜찮을 거야. 필사적으로 스스로를 다독였다.

잠시 후, 도어록 비밀번호를 누르는 신호음이 들렸다. 문이 열리고 현이 현관 안으로 들어섰다. 삐쩍 마른 몸, 덥수룩한 수염, 더럽고 해진 옷과 신발, 붕대를 휘감은 손에 달랑 약 봉투 하나를 들고 현이 내 앞에 서 있었다.

"다른 짐은 없어?"

"갖고 다니기 힘들어서 다 버렸어."

"…그렇구나."

여름이라 다행이야. 나는 생각했다. 겨울이었다면 저 옷으로 어떻게 버티겠어. 현이 입을 열었다.

"나 배가 고파."

나는 쌀을 씻어 흰쌀밥을 지었다. 무너져내리는 마음을 다잡으며, 밥을 지었다. 화장실 문 앞에 현이 벗어둔 더러운 옷과 속옷을 보며 식탁에 수저를 놓았다. 샤워를 마친 현은 한결 개운해 보였다. 갓 지은 밥에서 김이 올라왔다. 현은 얼마나 오래 입었는지 모를 하나뿐인 속옷을 쓰레기통에 던져 넣고 식탁 앞에 앉았다.

"먹자."

나는 애써 아무렇지 않은 척 마주 앉아 수저를 들었다. 너는 알까. 내가 네 생각을 할 때마다 얼마나 처절히 무너져 내렸는지. 얼마나 많이 울고 아파하고 너를 죽이고 싶었는지. 아니면 차라리 내가 죽고 싶었는지. 현은 묵묵히 먹고 또 먹었다. 얼마나 배가 고팠을까. 원망과 분노가 곧 연민으로 바뀌었다. 그동안 혼자 참 외로웠겠다. 얼굴과 목이 뻐근했다. 코와 눈과 턱과 입이 저렸다. 울음을 참으며 이를 악물었다.

현은 눕자마자 잠에 빠져들었다. 편안하고 따뜻한 잠자리가 그리웠겠지. 나는 조용히 방문을 닫았다. 현은 그 후로도 며칠을 낮이고 밤이고 눕기만 하면 죽음처럼 깊이 잠들었다.

# 지울 수 없는 낙서

현이 돌아온 후 나의 일상은 송두리째 흔들리기 시작했다. 밤이면 잠을 이루지 못했고 낮잠이 늘었다. 멍하니 있다가도 수시로 눈물이 나고, 분노가 치밀다가도 별안간 무기력해졌다. 친구들과 일상적인 대화를 하는데도 목소리가 떨렸고 눈을 똑바로 마주 보기 힘들었다. 전화벨 소리가 울리면 순간적으로 얼어붙곤 했다. 부모님이 건 전화일까 봐서였다. 며칠에 한 번이던 전화는 하루에도 두세 번씩 걸려왔다. 나의 일상을 묻는 것으로 말을 시작하지만, 본론과 결론은 현의 안위를 챙겨달라는 내용이었다. 무엇보다도 내게 큰 타격을 입힌 것은 안온한 공간이었던 집이, 현과 함께 살기 시작하면서부터 불안과 위험이 도사리는 공간으로 바뀌었다는 데 있었다.

현이 온 후 나는 지갑에 현금이 아닌 카드만을 지니고 다니게 되었다. 사람들을 만나 식사를 하고 돈을 낼 때면 늘 번거로웠지만 어쩔 수 없었다. 지갑도, 노트북도, 외장 하드도, 값을 매길 수 있는 그 무엇도 안전할 수 없었다. 보이지 않고 찾기 힘든 곳에 물건들을 숨기다가 책장에 꽂힌 책들이 눈에 들어왔다. 한국에 돌아와 다시 조금씩 사들이기 시작한 책이었다. 과거의 악몽이 되살아났다. 지우개로 색연필 흔적을 박박 지우던 것과 캐리어를 끌고 중고서점으로 향하던 일, 내가 아일랜드에 있는 동안 현이 책을 팔아버린 일까지 모두 다.

나는 현이 외출한 동안 새로 사들인 책들을 모조리 꺼내 방바닥에 펼쳤다. 밑줄 하나 없이 깨끗했다. 필통에서 선명한 붉은 색 사인펜과 굵은 마커펜, 형광펜을 꺼냈다. 입을 굳게 닫고 책의 머리, 배, 면지와 내지, 온갖 곳에 상처를 입혔다. 아무 데나 이름을 휘갈겨 적고 아무 문장에나 밑줄을 그어댔다. 귀퉁이조차 접어본 적 없는 새 책들이 더럽고 흉하게 변해갔다. 지우개로도, 그 무엇으로도 절대 지울 수 없을 것이었다. 나는 더 이상 나의 책처럼 상처받고 싶지 않았다. 상처받지 않으려면 상처를 낼 수 없을 만큼 강해져야 했지만 그러기엔 나는 이미 너무 약해져 있었다. 방법은 감각과 감정을 마비시키는 것뿐이었다. 내 얼굴에서 표정이 사라졌다. 기쁜 순간에도 슬픈 순간에도 나는 무감해지기를 택했다. 그러면 일상이 평온해 보였다. 아주 잠깐은. 떼제 미사<sup>*</sup>를 드리다 마음이 터져버리기 전까지는.

나는 부모로부터 개신교 신앙을 물려받았지만, 교회에 가지 않은 지 오래였다. 종교적 색채가 조금이라도 비치는 단어라면 그것이 어느 종교든 간에 이골이 났다. 소위 경건한 교인들의 신앙 언어는 그 안을 한 발자국만 벗어나도 무력하고 무용했다. 교회 바깥에선 사람들이 신음하고 쓰러지는데 교인들은 그들만의 온실에서 그들끼리 눈을 가리고 행복해하는 것 같아 죄책감과 절망감을 느끼는 나였다. 교회 안에서도 다르지 않았다. 아파 신음하는 이들의 목소리는 지워졌다. 오직 간증의 무대에 설 수 있는 성공 스토리만이 최고급 마이크와 스피커를 타고 울려 퍼지는 곳. 그때 나에게 한국 개신교 교회의 민낯이란 그런 것이었다.

"떼제 노래는 아주 단순하고 짧지만, 힘이 있지요. 가사가 마음에 자연스럽게 스며들 때까지 마음을 모아 반복해 부르겠습니다."

......
*프랑스 동부의 작은 마을 떼제에 둥지를 튼 교파를 초월한 수도 공동체 '떼제(Taize)공동체'에서 만든 노래와 묵상 기도법을 활용한 예배 형식.

촛불만으로 어둠을 밝힌 작은 공간, 렘브란트의 회화 등 앞에 놓인 이콘 몇 개가 촛불에 은은히 모습을 드러냈다. 사람들은 그 앞에 모여 앉아 떼제 노래를 불렀다. 생소한 예배 방식이었다. 가사는 '나와 함께 깨어있으라, 나와 함께 기도하여라'가 전부. 나는 노래를 부르며 신에게 물었다. 당신은 어디 계십니까. 아니, 당신은 계십니까. 눈물을 흘리며 묻고 또 물었다. 그러다 어느 순간 목이 메었다. 노랫말은 말하고 있었다. '나와 함께' 깨어있자, '나와 함께' 기도하자고. 저 높고 먼 곳에서 이곳을 내려다보며 무책임하게 방관하는 게 아니라, '너는 기도하라'라고 명령만 하는 게 아니라, 내가 지금 너의 곁에서 함께 울면서 기도하고 있다고 예수가 내게 말하는 것 같았다. 순간 형언할 수 없는 위로가 찾아왔다. 나는 하염없이 울었다. 끅끅대면서 노래를 불렀다.

그분과 함께.

# 폭풍 전의 고요

오랜 방황과 노숙 끝에 집으로 돌아온 그가 보통의 일상을 되찾는 데는 시간이 걸렸다. 굶는 게 일상이라 약해진 위는 갑자기 늘어난 식사량을 감당하지 못했고, 아주 조금이라도 자극적인 향신료가 들어가면 속이 쓰려 했다. 마트에 가면 현은 비상식량을 비축하듯 장바구니에 군것질거리를 가득 담았다. 허겁지겁 음식을 삼키고는 배가 아파 화장실에 가기를 반복했다. 허약해진 몸은 쉬이 아팠다. 우리는 약국의 단골손님이 되어 상비약을 사들였다. 속옷과 옷, 양말, 신발을 사는 것도 급선무였다. 노숙을 하며 생활에 필수적인 것조차 모조리 버렸기 때문이었다. 나는 현과 함께 의류매장에 가 입고 신을 것을 마련해주었다. 내 신발뿐이던 신발장에 현의 신발이 놓였고, 텅 비었던 그의 옷장에 하나둘 옷이 걸렸다. 따뜻한 집에서 좋은 음식을 먹고 깨끗한 옷을 걸치고 외출도 했다. 겉보기엔 전혀 문제가 없어 보였다.

그러나 함께 사는 내게는 분명히 문제가 보였다.

현은 아무 때나 먹었고 아무 때나 잤다. 속옷이나 옷을 방바닥 아무 데나 던져놓았고, 아무 데서나 먹고 흔적을 남겼다. 설거짓거리를 싱크대에 가득 쌓아놓았고 배수구는 음식물 쓰레기로 꽉 차 막히기 일쑤였다. 책상과 방에는 쓰레기가 쌓여 퀴퀴한 냄새가 났다. 단순히 집을 어지르는 차원의 문제가 아니었다. 자신을 돌보고 일상을 유지하는 생활 습관과 감각을 모조리 잃어버린 것이었다.

집 상태를 두고 볼 수 없어질 때마다 나는 그를 대신해 빨래를 하고, 널고, 옷을 개어 옷장에 정리했다. 그가 아무 데나 버려둔 과자 봉지와 쓰레기들을 치우고 청소기를 돌렸다. 요리를 하고 상을 차려 그를 먹이고 설거지를 하고 음식물 쓰레기를 버리는 것이 모두 나의 일이 되었다. 부모님이 현을 잘 돌봐달라 부탁할 때마다 나는 끙끙 앓았다. 왜 모든 게 나의 몫일까. 언제까지 내가 그의 뒤치다꺼리를 해야 하는 걸까. 불공평해. 억울해. 정말 화가 나. 그러나 그런 감정을 밖으로 표출할 수는 없었다. 힘든 방황 끝에 돌아온 그를 자극하고 싶지 않았다. 조그만 자극에도 모든 게 박살 나 버릴 것 같았다. 시간이 좀 더 흐르면 괜찮아지겠지. 나는 입을 닫았다.

그의 망가진 일상을 참아주는 것보다 더 힘겨운 것은 나의 불안증을 잠재우는 것이었다. 나는 현이 휴대폰을 만질 때마다 무엇을 하나 보려고 몰래 곁눈질했고, 도박의 흔적이나 증거를 찾으려 그의 동선과 물건, 굴러다니는 영수증 쪼가리 같은 것을 샅샅이 훑었다. 상담사는 내게 현이 언제 좀 편안해 보이는지, 어떤 주제로 말할 때 더 편안해하는지, 자고 일어나는 패턴은 어떠한지 등을 지켜보고 기록하라고 지시했다. 그를 어떻게 대해야 할지 몰라 패닉에 빠진 나를 돕고자 하는 의도였고, 실제로 어느 정도 도움이 되긴 했으나 그에 따르는 부작용은 만만치 않았다. 감시자의 역할은 불안을 증폭시키고 나를 수렁으로 더 깊이 밀어 넣을 뿐이었다.

유일한 위안은 현이 도박을 하지 않고 수개월 동안 잠잠하다는 것이었다. 그동안 너무 힘들었던 것일까. 현은 도박하기를 멈추었고 몸을 회복하자 곧 직장을 잡았다. 안정적으로 돈을 벌었고 친구들과 여행을 가기도 했다. 비로소 삶이 안정기에 접어든 것 같았다. 부모님은 안심했다. 현이 마음을 잡고 도박을 끊었으니 교회에도 다시 나갔으면 좋겠다며 일요일마다 은근히 압박했다. 가끔 벌어지는 신경전을 빼곤 가족 모두 평온한 일상으로 돌아간 것 같았다. 얼마나 큰 해일이 밀려오는지 짐작도 하지 못한 채.

# 전당포

깜-빡. TV 모니터가 어쩐지 시원찮았다. 시청하는 데 무리는 없었지만 그대로 두기엔 거슬렸다.

"수리해야 할 것 같은데?"

"그러게. 집으로 수리 기사가 오는 건가? 아님, 서비스 센터에 가져가 봐야 하나?"

TV에 대해 대화를 나눈 지 며칠 후. 집에 돌아와 보니 거실이 휑했다. 현에게 물으니 TV를 수리점에 맡겼다고 했다. 수리가 끝나려면 며칠 시간이 걸릴 거라 말하는 그의 눈빛이 어쩐지 불안해 보였다. 다음날, 현은 시선을 내리깔고 풀 죽은 목소리로 내게 도움을 청했다.

"할아버지 지갑에서 10만 원을 가져갔어. 금방 돌려놓을 수 있을 줄 알았는데…."

수개월 간 잠잠했던 그가 다시 도박을 시작한 것이었다. 어느 정도 의심은 하고 있었지만, 그것을 현실로 맞닥뜨릴 마음의 준비는 전혀 되어있지 않았다. 그러나 정신을 바짝 차려야 했다. 이 상황을 처리해야만 했다. 나는 황급히 은행으로 달려가 돈을 인출했다. 그리고 현이 빼 간 액수만큼 할아버지의 지갑에 지폐를 채워 넣었다. 할아버지가 혹 눈치를 채신 건 아닐까? 여쭤볼 엄두가 나지 않았다. 어쩌면 할아버지 또한 우리에게 차마 묻지 못하고 참았을지 몰랐다.

"TV는 어쨌어?"

현은 더 숨길 것도 없다는 듯이 담담했다.

"전당포에 맡겼어."

나는 현과 함께 차를 달려 전당포로 향했다. 한국영화에서 보아왔던 전당포의 모습이 떠올랐다. 어둡고 비좁은 지하, 쇠창살이 달린 벽, 덩치 크고 무섭게 생긴 직원…. 그러나 나의 상상과는 달리 전당포는 지어 올린지 얼마 되지 않은 듯 멀끔한 건물의 고층에 있었다. 입구는 통유리벽으로 만들어져 안이 훤히 들여다보였다. 전당포 직원은 엘리베이터에서 내려 사무실로 들어서는 우리를 보고 말했다.

"엄청 일찍 오셨네요."

저당 잡힌 지 얼마 안 되어 되찾으러 오는 경우가 드

물어 놀랍다는 뜻이었다. 나는 주위를 둘러보았다. 천장과 내벽, 바닥은 모두 광택이 흐르는 화이트 색상으로 통일되어 있었고, 전당포 직원과 손님이 마주하는 접수대에는 대리석이 깔려 있었다. 전당포 직원의 단정한 용모와 태도는 은행 직원의 그것과 다름없었고, 거래 시스템은 은행처럼 체계적이고 전산화되어 있었다. 깔끔하고 모던한 인테리어로 치장된 공간에선 한 치의 어두운 구석도 찾아볼 수 없었다. 그 모든 것이, 나를 소름 끼치게 했다.

언젠가 읽었던 프랜차이즈 전당포에 관한 기사가 떠올랐다. 무엇이든 대형화, 기업화되어가는 자본주의 사회의 흐름에 발맞추어 전당포 또한 수년 전부터 본사가 가맹점을 모집하는 프랜차이즈 전당포가 유행하고 있다는 내용의 기사였다. 21세기형 전당포는 산뜻한 이미지로 변신을 꾀하며 영악하게 진화했다. 무해해 보이는 인상을 하고서 친절하게 마수를 뻗치면 사람들은 쉬이 걸려들었다. 급전이 필요한 서민들이 주 고객이던 과거와 달리 요즘은 주머니 사정이 빠듯한 대학생이나 취준생이 전당포를 찾는다고 했다.

벽 한편엔 사람들이 돈을 마련하고자 맡기고 간 물품

들이 정돈되어 있었다. 고가의 골프 세트와 운동기구, 악기, 명품 가방, 가전제품…. 그리고 그 옆에, 현이 맡기고 간 TV 모니터가 반듯이 놓여 있었다. 어떤 사람들이 무슨 이유로 이 많은 물건을 여기 두고 갔을까. 현처럼 도박에 빠진 사람들일까. 주인을 기다리는 물건들이 처량했다. 직원은 컴퓨터 자판을 두드리더니 말했다.

"62만 원입니다."

며칠만 더 늦었어도 이자가 감당할 수 없이 불어났으리라.


TV는 거실 서랍장 위, 원래의 자리로 돌아갔다. 깜-빡. 깜-빡. 지친 나의 얼굴이 모니터 위로 나타났다-사라졌다.

# 사랑과 증오 사이

도박은 무서운 기세로 현을 다시 사로잡았다. 월급을 몽땅 날리자 그의 머리는 도박자금을 마련하기 위해 비상하게 돌아갔다. 값나가는 옷과 컴퓨터 부품을 중고시장에 팔아치우고, 휴대폰 소액결제를 최대한도까지 끌어 썼다. 상품권을 사들여 현금을 만들고, TV를 전당포에 맡기고 돈을 받아 도박에 탕진했다. 300만 원이 넘는 돈이 사라지는 데 단 일주일밖에 걸리지 않았다. 더이상 돈을 구할 방법이 없자 현은 할아버지의 지갑에 손을 댔다. 어느 날은 은행에 돈을 뽑으러 갔다가 누군가 ATM기 위에 실수로 놓고 간 돈을 제 주머니에 넣고 집으로 돌아왔다. 자신이 무슨 짓을 저질렀는지 깨달은 현은 두려움에 떨었다. 그건 절도였다. 혼자 감당할 수 없었던 현은 내게 사실을 털어놓았다. 내가 그를 위해 할 수 있는 일은 단 하나였다.

"나랑 같이 가자."

나는 현과 함께 파출소로 향했다. 경찰에게 돈을 돌려주며 갖게 된 경위를 설명했다. 경찰은 우리 둘을 묵묵히 바라보다가 연락처와 신상정보를 물었다. 수첩에 메모를 마치고는 말했다.

"나중에 연락이 갈 수도 있으니 잘 받으세요."

우리는 무사히 집으로 돌아와 각자의 방으로 흩어졌다. 문을 닫고 어둠 속에 잠기자 잠시 안도감을 느꼈다. 그러나 곧 이빨도 턱도 없는 절망감이 나를 집어삼켰다. 이대로 가다가는 현이 더 큰 범죄를 저지를 수도 있었다. 현이 살아있는 한 불안한 오늘이 영원히 반복될 것이라는 비관이 나를 바닥으로 끌고 내려갔다.

며칠 뒤 나는 엄마에게 상담을 받으러 간다고 알렸다. 엄마는 의아하다는 투로 물었다.

"왜? 현이한테 요즘 아무 문제 없잖아?"

문제가 없다니? 순간 화가 치밀었다. 나의 매일은 이토록 위태로운데 엄마의 태도는 너무도 안일해 보였다. 믿고 싶은 대로 믿어버리면 간편한 법이었다. 하지만 도대체 언제까지 모래에 머리를 파묻은 타조처럼 현실을 외면하려는 걸까. 도대체 언제쯤 현이 도박중독자라는 사실을 받아들일까.

그러나 엄마의 반응이 전혀 터무니없는 것은 아니었다. 집으로 돌아온 후 수개월 동안 현은 정말로 잠잠했었으니까. 직장에서 성실하게 일하며 능력을 인정받고 있었으니까. 중독자라면 어떻게 수개월 동안 도박을 하지 않을 수 있겠는가? 실은 나도 엄마만큼이나 간절히 현이 도박을 끊었다고 믿고 싶었다.

한동안 평온해 보였던 우리 가족의 일상은 현의 재발과 함께 무너졌다.

사람들은 물었다. 한국에 돌아와 요즘은 뭘 하고 지내는지, 몇 시에 자고 일어나는지, 앞으로 어쩔 계획인지. 나는 출제자의 의도를 파악하지 못하는 수험생처럼 자꾸만 버벅댔다. 가벼운 질문도 한없이 무겁게 느껴졌다. 다른 미래를 상상할 수 있을 때, 변화가 가능하다고 믿을 때, 우리는 계획을 세우고 실현하기 위해 노력한다. 그러나 나의 과거와 현재와 미래는 모두 현에게 붙잡혀 있었다. 집을 떠나 어디로든 도망치고 싶었지만 내가 사라질 경우 벌어질 최악의 상황이 두려웠고, 동시에 영원히 이렇게 매여있게 될까 두려웠다. 과거의 경험이 파국을 상상하는 강력한 근거가 되어 나를 사로잡았다. 그 모든 걸 설명할 길이 없어 친구들을 만나기 싫었다. 만

날 때마다 지출하는 돈도 무서웠다. 점점 더 외출을 꺼리게 되었고, 생활 반경이 좁아지면서 관계도 희미해져 갔다.

나는 곧 무기력에 지배당했다. 발목에 몇 톤짜리 추가 달린 듯 일어설 수가 없었다. 내일을 걱정하지 않고 오직 현재에 충실했던 아일랜드에서의 삶이 꿈처럼 아득했다. 침대에 웅크려 있다 보면 반나절이 훌쩍 흘러갔다. 그런 내 모습을 발견할 때마다 현이 밉고 내가 미웠다.


사랑이 클 때 증오도 크다. 그걸, 우리는 애증이라고 부른다. 그 감정을 꺼내놓고 위로받을 수 없을 때 사람은 말할 수 없이 외로워진다. 나는 신을 증오했고, 세상을 증오했고, 가족을 증오했다. 그러나 내가 가장 증오했던 사람은 나 자신이었다. 상상 속에서 나는 수시로 내 가슴에 칼을 찔러 넣었다.

"사랑한다고 말해줘."

그 말이 절박하게 필요했다.

"사랑해."

애인의 응답이 나를 삶 쪽으로 한 뼘 끌어당겼다. 나의 가정사도, 나를 다독이는 법도, 그는 잘 알고 있었다.

기어이 그의 대답을 듣고서야 전화를 끊었다. 나는 이미 알고 있었다. 누군가 이것이 병리적 관계라 말한다 해도 한동안은 결코 멈출 수 없으리라는 것을.

# 실패한 상담

"화살을 맞더라도 전 존재가 무너지지 않고 맞은 자리만, 그날 하루만 아프고 지나갈 수 있는 상태를 만들어야 해요."

나는 지푸라기라도 잡는 심정으로 상담사를 의지했다. 그가 해준 많은 이야기 중 어떤 말들은 내 마음속 깊이 가 닿아 힘을 주었다. 나는 내가 그러하듯 현과 부모님도 상담사에게 주기적으로 상담을 받으면 달라질 거라 기대했다. 설득 끝에 가족이 모두 모였다. 우리는 가족상담을 신청하고 함께 상담소로 향했다. 어렵게 일정을 맞추어 간 만큼 효과가 있기를 간절히 바랐다.

상담사 앞에 네 식구가 둘러앉았다. 바닥으로 내리깐 현의 시선이 차갑고 멍했다. 아빠의 담담한 말에서는 깊은 원망과 냉소가 묻어났다. 엄마는 마음만 먹으면, 의지만 굳게 하면, 이전에 수개월 잠잠했듯 도박을 끊을 수 있지 않냐고 현에게 물었다. 에두른 변호였다. 아무리 상대가 상담사라 해도 처음 본 타인에게 자식의 치부를 털어놓기란 쉽지 않은 법이었다.

상담사는 내가 어떤 심리적 증상을 가지고 있는지 부모님에게 말해주었다. 이제부터는 현의 문제를 책임지고 다룰 사람이 내가 아니라 아빠가 되어야 한다고도 말했다. 아빠는 자신이 맡게 될 역할의 무게가 부담스러운 눈치였다.

모두의 주목은 현에게 쏠렸다. 상담사는 현에게 이런저런 말을 건네며 반응을 보려 노력했다. 그러나 돌아오는 것은 회피와 방어였다. 상담사는 보상과 처벌의 방식으로 현의 문제를 다루고자 했다. 가족 간 회의를 통해 단계별 규칙을 정하고 어길 시 약속한 대로 책임을 지는 식이었다. 책임을 지는 방법으로 약물치료, 정신병원 입원 등을 언급하자 현은 날카로운 적의를 드러냈다. 상담사는 약속을 정하는 건 가족의 몫이니 회의 후 결론을 알려달라며 한 발 물러났다. 순조로울 거라 낙관하진 않았지만 가족상담은 예상보다 더 난항을 겪고 있었다.

상담 중에 상담사는 유년 시절 우리에게 다소 강압적이던 엄마의 교육 방식에 관해 이야기를 꺼냈다. 오래전 현이 쓴, 자유롭게 키워주셔서 고맙다던 편지 내용을 기억하는 엄마는 혼란스러워했다. 중독이 비롯된 정서적 원인을 되짚어보되, 과거를 파헤치기보다 훈련을 통해 현재의 삶을 잘 살아내도록 하는 데 집중하자는 것이 상담사의 논지였지만 엄마는 깊은 내상을 입고 말았다. 상담을 마치고 돌아온 엄마는 상담사의 말을 오래도록 곱씹고는 울음을 터뜨렸다.

"내가 무슨 말을 할 수 있겠냐. 현이가 그렇게 된 게 나 때문이라는데…!"

최선을 다했고 잘 해왔다고 자부한 양육방식이 현의 도박을 야기했을지도 모른다는 생각은 엄마의 자존감을 앗아갔다.

그 후로 몇 번 더 우리는 상담소를 찾아갔다. 때로는 현과 나 둘이, 드물게 네 식구가 함께. 평소엔 나 혼자. 그러나 갈등에 맞서기보다 회피하는 성향을 지닌 우리 가족은 상담사의 지시대로 이렇다 할 원칙과 약속을 만들지 못한 채 지지부진한 상태를 이어갔다. 아빠는 현의 문제를 다룰 마음의 준비가 되어있지 않았고 떨어져 사는 현실적 여건 때문에 별 힘을 행사하지 못했다. 엄마는 우울감에 입을 닫고 골방에서 기도에 매달렸다. 현은 정신병원에 갇힐지도 모른다는 두려움에 상담사와 만나길 꺼렸다. 상담사가 자신을 막다른 골목에 몰아넣고 겁박한다고 생각했으리라. 모두가 제자리걸음을 반복하는 상황에 나는 지쳐갔다.

상담은 명백히 실패였다. 상담사는 나의 정서적인 문제, 혹은 일반적인 가족 문제를 해결하는 데는 누구보다 뛰어난 실력을 갖추었지만, 중독 문제를 다루는 데는 무지했다. 그는 도박중독치료를 전문으로 하는 다른 상담사의 번호를 알려주며 그곳과 상담을 병행하는 것이 어떻겠냐고 권유했다. 나는 그가 건넨 전화번호를 휴대폰에 저장하고 상담소를 나섰다. 그러나 또 다른 상담사에게 찾아가 같은 이야기를 반복하고, 다시 현과 부모님을 설득해 상담사에게 데려가는 걸 상상하는 것만으로도 진이 빠졌다. 다른 방법을 찾아야만 했다.

# 밤톨만 한 기대

구글 검색창에 '도박중독'을 입력하고 엔터를 쳤다. 노트북 스크린 가득히 검색 결과가 떴다. 도박중독문제를 다룬 논문, 도박 때문에 끔찍한 범죄를 저지른 이들에 관한 기사, 도박중독관리센터 홈페이지, 도박중독전문상담소 안내 글…. 학술지나 언론, 관련 기관 홈페이지에 실린 글의 내용은 주로 도박의 위험성과 그로 인한 사회적 문제를 어떻게 다룰지에 대한 것이었다.

나는 마우스를 옮겨 검색 결과에서 뒤 페이지로 밀린 글들을 클릭했다. 온라인 커뮤니티나 개인 SNS에 올라온 글들이었다. 이미 도박에 빠져 대박을 꿈꾸는 이들은 국내 혹은 해외 카지노에 다녀온 이야기를 무용담처럼 늘어놓고, 거기서 '쪽박' 혹은 '대박'을 쳤다며 승률을 '분석'하고 '평가'했다. 인스타그램에는 친구, 가족과 화투를 치고는 '도박', '도박중독'이라는 해시태그를 붙인 장난스러운 사진들이 떴다. 그 밑에는 이들을 불법도박 사이트로 유도하는 노골적인 댓글이 달려있었다. 사악하기 짝이 없는 세상이었다. 그러나 차라리 노골적인 게 더 나았다. 스팸 메시지처럼 무시하고 차단해 버리면 되니까. 오히려 더욱 사악하고 위험한 것은 '합법', '건전', '경고' 문구를 내건 사이트였다. 겉으로는 안전해 보이지만 실은 교묘하고 은밀하게 사람들의 욕망을 부추겨 취약한 이들을 중독의 길로 이끌고 있으므로. 국민을 보호해야 할 국가는 앞에서는 도박중독의 위험성을 경고하면서 뒤로는 '사행 산업'이라는 이름으로 경마, 카지노, 복권 등 도박 산업 규모를 키웠다. 허술하기 짝이 없는 규제와 관리 아래 사행 산업은 도박 중독자를 양산해냈고 그로 인한 사회적 비용은 수십조 원에 달한다. 많은 전문가가 지적하듯 사실상 국가가 국민에게 도박을 장려하는 현실을, 나는 현의 문제로 인해 인식하게 되었다.

수십 일에 걸쳐 온갖 것을 닥치는 대로 찾아 읽었다. 도박에 대한 지식은 쌓여갔지만, 안다고 해서 실천할 수 있는 것은 아니었다. 읽으면 읽을수록 혼자 힘으로 해결할 수 없다는 사실이 자명해졌다.

여느 때처럼 인터넷을 검색하던 어느 날, '한국단도박

모임'이라는 검색 결과가 눈에 들어왔다. 홈페이지 대문에는 푸른 동산을 배경으로 가족들이 밝게 웃는 이미지가 걸려있었다. 찬찬히 게시판을 둘러보았다. 단도박 모임은 도박문제를 극복하기 위해 서로의 경험과 힘, 희망을 나누는 자조모임이라고 했다. 자조모임이라…. 〈브레이킹 배드〉, 〈하우 투 겟 어웨이 머더〉, 〈디 어페어〉 등 즐겨보던 영미권 드라마의 장면들이 떠올랐다. 조도가 낮은 건물 지하실 내에서 알코올중독이나 마약중독 환자들이 접이식 의자를 하나씩 차지하고 빙 둘러앉아 자기의 문제를 고백하는, 그런 장면 말이다. 드라마에서 생략된 중요한 사실은, 중독자뿐만 아니라 그 가족들도 그들끼리 자조모임을 한다는 것이었다.

모임은 성별, 직업, 종교 등과 무관하며 가입비나 가입 절차, 회비가 필요 없다고 쓰여 있었다. 참여를 위한 조건은 단 하나, '도박을 끊고자 하는 간절한 열망'뿐이었다. 단도박 가족모임의 경우 도박중독자의 회복을 돕고자 하는 마음만 있다면 가족, 친구, 친지 등 누구나 참여할 수 있었다. 무엇보다 마음에 들었던 것은 이름을 밝히지 않아도 된다는 것이었다. 참여자의 익명성을 철저히 보장하기에 어떠한 비밀을 털어놓아도 안전하다고 쓰여 있었다.

홈페이지의 한 카테고리는 직접 쓴 경험담으로 채워져 있었다. 게시판 맨 위에는 한국단도박 모임을 창립한 백 신부라는 분의 격려사가 공지사항으로 띄워져 있었다. '신부? 가톨릭 배경의 모임인가?' 마우스로 클릭하자 영문 원문과 한글 번역문이 번갈아 쓰인 글이 떴다. '외국인? 아님 한국계 외국인?' 점점 더 많은 물음표가 떠올랐다. 그는 자신이 도박중독자였으며 단도박 모임을 통해 정상적인 삶을 살게 되었다고 고백했다. 뒤로 가기를 눌러 다른 글들을 살폈다.

모임에 꾸준히 나가는 사람뿐만 아니라 모임에 나가 본 적 없는 사람, 나가다 만 사람의 글도 있었다. 모임에 꾸준히 나가는 이들은 12단계 프로그램을 실천하며 단도박에 성공했다는 내용의 글을 올렸고, 그 외의 사람들은 자기 의지로 끊어보겠다고 지키지 못할 다짐을 반복하거나 단도박 모임에 몇 번 나가봤지만 별 도움이 안 됐다며 불평하고 있었다. 도박을 끊고 싶다는 건지 도박 충동을 부추기려는 건지 의도가 불순해 보이는 글도 있었다.

모임에 대해 어떻게 평하든 간에 글을 쓴 모든 이들

이 도박중독으로 망가진 삶을 절절히 증언하고 있었다. 도박의 종류와 날린 돈의 액수, 도박에 빠진 햇수가 조금씩 다를 뿐 도박으로 인해 경험한 살풍경은 같았다. 도박에 깊게 빠지면서 빚이 걷잡을 수 없이 늘고, 삽시간에 신용불량자 신세로 전락해 파산에 이른다. 사소한 거짓말은 점차 수위를 높여 사기, 절도, 폭력, 흉악 범죄로 발전한다. 반복되는 가출, 노숙, 자살 시도로 가족이 깨지고, 일자리를 잃고, 대인관계가 단절되고, 교도소에 수감된다. 정도의 차이는 있지만, 그들은 모두 자기 인생의 밑바닥을 쳤다고 토로했다.

도박중독자의 가족들이 쓴 글도 많았다. '상담과 대화' 게시판에는 절박한 심정으로 도움을 구하는 이들의 글이 가득했다. 이들의 이야기도 정도만 다를 뿐 내용은 같았다. 도박에 빠진 부모, 형제, 배우자, 자식으로 인해 사채업자에게 시달리고, 압류를 당하고, 집에서 쫓겨나며, 우울과 자살 충동에 시달리고, 불면, 위장 장애, 암 등 다양한 질병으로 고통당하고 있었다. 그런가 하면 '체험 및 극복사례' 게시판에는 단도박 가족모임을 나가는 이들이 쓴 회복의 이야기도 있었다.

모임은 전국 각지에 퍼져 있었다. 장소는 성당, 복지회관, 도박 상담센터 등 다양했다. 요일마다 모임이 있고 원하는 만큼 자유롭게 모임에 참석하면 된다고 했다. 과연 이 모임이 현의 도박문제를 해결해줄 수 있을까? 모임에 나가보지 않고는 결코 알 수 없는 일이었다.

나는 홈페이지 하단에 적힌 번호로 전화를 걸었다. 국번 없이 1336. 전국단위의 도박문제 전화상담 번호였다. 상담사는 내가 사는 지역을 묻고 요일별 모임 장소와 시간을 알려주었다. 전화를 끊고 현의 방으로 찾아갔다.

"단도박 모임이란 게 있대. 같이 나가자. 요일은 네가 편한 시간으로 정하면 돼."

모든 게 들통난 뒤여서일까, 납작 엎드린 시늉을 하고 고비를 넘겨보려는 것일까. 어떤 마음인지 알 수 없지만 현은 묵묵히 고개를 끄덕였다.

"금요일이면 갈 수 있을 것 같아."

나는 부모님께 전화를 걸어 상황을 알렸다. 부모님은 별 대꾸 없이 긴 한숨을 내쉬었다. 전화를 끊고 달력을 확인했다. 금요일이 오려면 며칠이 더 흘러야 했다. 밤톨만 한 기대가 절망의 틈새를 비집고 올라오는 것을 느꼈다.

**"**

어느 누구도 과거로 돌아가서 새롭게 시작할 순 없지만,

지금부터 시작하여 새로운 결말을 맺을 수는 있다.

**"**

칼 바르트

# 4부

## 단도박 모임을 찾아가다

## 도박에 완치란 없어요


모임 장소는 차로 집에서 30분 거리에 있는 한 가톨
릭 복지회관이었다. 운전대를 잡은 손에 땀이 찼다. 현
은 묵묵히 조수석에 앉아 모임 장소로 실려 갔다.

건물 입구에 다다르자 모임 참석자를 위한 안내표지
가 보였다. 우리는 표지를 따라 4층으로 올라갔다. 그
곳에 모임이 열리는 두 개의 방이 있었다. 함께 온 우리
가 각각 다른 방으로 흩어질 시간이었다.

"끝나고 봐."

현이 먼저 단도박 모임이 열리는 방문을 열었다. 문틈
사이로 먼저 온 참석자들이 보였다. 곧 문이 닫혔다. 나
는 걸음을 옮겨 단도박 가족모임이 열리는 방 앞에 섰다.
이제 나의 차례였다. 나는 문을 열고 방으로 들어갔다.

방 안에는 다양한 연령대의 여성들이 테이블을 중심
으로 빙 둘러앉아 있었다. 어색하게 목례를 하며 빈 의
자에 앉았다. 앉아있던 한 여자분이 일어나며 친절하게

내게 물었다.

"차랑 커피, 오렌지 주스가 있는데 어떤 걸 드시겠어요?"

"주스 마실게요. 감사합니다."

건네받은 주스로 긴장된 목을 축였다. 모임이 시작되려면 5분여의 시간이 남아있었다. 나는 조심스럽게 방 구석구석과 참석자들을 살폈다. 테이블 중간에는 "여기서 보고 들은 것은 당신이 떠날 때 이 방에 두고 가십시오."라고 적힌 판넬이 놓여있었다. 참석자 중에는 안색이 조금 어두운 이도 있었지만, 대부분은 의외로 밝은 얼굴에 미소까지 띠고 있었다. 사회자로 보이는 여자분이 모임에 대해 간략히 설명해주었다. 매주 이 자리, 이 시간에 모임이 열린다고 했다.

"여기서는 남자분은 선생님, 여자분은 여사님으로 호칭해요. 익명을 지키는 것이 원칙이기 때문에 이름은 말씀하지 않으셔도 됩니다. 성과 사는 지역만 말씀하시면 돼요."

서기로 보이는 분이 기록부에 나의 정보를 받아적었다. '○○(사는 지역 혹은 동 이름) 채 여사' 라는 처음 들어보는 호칭이 낯설기도, 안전하게 느껴지기도 했다. 나는 두어 분의 여사님과 단도박 모임을 어떻게 알고 왔으며, 현과 어떤 관계인지, 현이 어떤 도박을 주로 해왔으며 몇 년이나 되었는지 간단히 묻고 답했다. 나이와 상관없이 존댓말로 이뤄지는 대화가 마음에 들었다.

"자세한 이야기는 모임 중에 다시 나누게 될 거예요. 모임은 이 책자에 나온 순서대로 진행되니까 보고 따라오시면 돼요. 시간이 되었으니 이제 모임을 시작할까요?"

내 옆에 앉은 여사님이 안내 책자를 펼쳐 내 앞에 놓아주었다.

"지금부터 0월 0일 단도박 가족모임을 시작하겠습니다."

사회자의 멘트에 참석자들이 한 목소리로 답했다.

참석자들은 돌아가며 책자의 내용을 읽어나갔다. 모임 중 지켜야 할 사항에는 종교 이야기, 타인에 대한 험담, 정치 이야기를 해서는 안 된다고 쓰여 있었다. 모임에 참여하는 모두가 평등하며 개인의 익명성이 가족모임을 유지하는 근본정신이라는 문구도 있었다. 책자에 나와 있는 대로 지켜진다면 내가 평생 경험한 어떤 모임보다도 훌륭한 모임일 것이었다.

참석자가 소책자의 한 꼭지를 낭독했다. '회복을 위한 12단계'의 내용이었다. 현의 문제를 해결할 전문적인 치료 방법이 단계별로 쓰여있을 거란 기대와 달리 그 내용은 가족모임에 참석한 '우리'를 주어로 가족 당사자의 회복, 영적 성장에 초점을 맞춘 '영적 원칙'을 서술하고 있었다. 옅은 냉소가 나의 얼굴 위로 스쳐 갔다. '영적 성장'이라니. 당장 먹을 것을 원하는 굶주린 이에게 따뜻한 목욕을 권하는 게 생뚱맞게 느껴지듯 그 문장들은 나의 현실과 전혀 동떨어진 한가한 소리를 늘어놓는 것처럼 보였다.

'섣불리 판단하지 말자. 지금 나는 지푸라기라도 잡아야 하는 처지잖아.'

조용히 고개를 흔들며 익숙하고 반사적인 냉소를 털어냈다. 어느새 모임의 순서는 교본 낭독으로 넘어가 있었다.

옆자리의 참석자가 교본을 펼쳐 내 앞에 놓아주었다. 나는 낭독자의 목소리를 따라 교본을 눈으로 읽어가며 집중하려 애썼다. 거기에는 도박중독의 속성과 가족이 느끼는 고통, 어떻게 도박중독자를 대해야 하는지 등이 구체적으로 쓰여 있었다. '그래. 이런 게 알고 싶었다구.'

갈증으로 애타던 마음이 조금씩 부드러워졌다. 교본을 집으로 가져가 단번에 읽어나가고 싶은 심정이었다.

책자를 읽은 뒤 그날 주어진 주제에 관해 이야기하는 시간이 주어졌다. 참석자들은 지난 일주일 동안 어떻게 지냈는지, 읽은 내용에 대해 어떻게 생각하는지 한 명씩 돌아가며 이야기했다.

"처음 오신 여사님을 보니 제가 모임에 처음 나왔던 날이 떠올랐어요. 모임에 나오면 매번 펑펑 울면서 이야기했던 게 생각나네요."

대부분 배우자의 도박으로 고통을 겪은 분들이었고, 자식 때문에 나온 분도 있었다. 남매지간인 나와는 상황이 조금 달랐지만 내가 겪었던 모든 감정 - 배신감, 슬픔, 증오, 분노, 불안, 허무 등 - 이 그들의 이야기 속에도 똑같이 있었다.

"저는 모임에 나오면 전문가가 다 이끌어주고 고쳐줄 줄 알았어요. 그런데 전문가는 없고 돌아가며 이야기만 쭉 하는 거예요. '이래서 저 사람이 고쳐지겠나, 여길 계속 다녀, 말아?' 생각했던 기억이 나네요."

참석자들이 작게 웃음을 터뜨렸다.

"전에는 정말 이해할 수 없었어요. 사람이 어떻게 저

렇게 변할 수가 있나. 숨 쉬는 것까지 다 거짓말이었어요. 그런데 모임에 나와서 배우고 나니까 그때야 알겠더라고요. 도박중독은 진행성 질병이고 저 사람이 일부러 그런 게 아니라 그 병에 걸린 환자이기 때문에 자신을 어찌할 수 없었다는 걸요."

질병. 환자. 어찌할 수 없음. 도박중독에 관한 수많은 글을 찾아 읽었으면서도 새삼 그 단어들이 뇌리에 박혔다.

도박중독은 전 세계에서 정신질환의 진단기준으로 통용되는 미국정신의학회(APA)의 『정신장애의 진단 및 통계 편람 제5판』(DSM-Ⅴ)에 '도박장애(Gambling Disorder)'로 정식 등재된 정신질환이며 행위중독(behavioral addiction)의 한 유형이다. 흔히 중독자의 뇌를 브레이크가 고장 난 채 내리막길을 달리는 자동차와 같다고 표현한다. 뇌의 보상회로(쾌감중추)는 우리가 맛있는 음식을 먹거나 사회적 성취감을 느끼는 등 쾌감을 느낄 때 도파민을 분비한다. 도박을 할 때도 도파민이 분비되는데, 이때 분비되는 양은 일상생활에서 느끼는 기쁨의 정도를 넘어 강력한 쾌감과 만족감을 느끼게 한다. 도박자는 이때 경험한 쾌감과 만족감을 다시 느끼기 위해 도박행동을 반복한다. 점점 동일한 수준의 쾌감을 얻기 위해 더 강한 자극을 필요로 하게 되고, 그 결과 더 많은 돈과 시간을 도박에 쓰게 된다. 뇌의 보상회로에 이상이 생겨 금단증상을 느끼고 의지로 제어할 수 없는 상태가 되는 것이다.

현은 이대로 계속 달려가면 죽을 줄을 알면서도 브레이크가 고장 나 어찌할 수 없는 자동차와 같았다. 그러나 암이나 폐렴 환자가 스스로 원해서 그 병을 앓게 된 게 아니듯, 현이 도박중독이라는 정신적 질환을 얻게 된 것 또한 그가 원한 바가 아니었다. 다리가 부러지고 칼에 베여 상처가 난 사람에게 의지만으로 상처를 아물게 하라고 말하지 않듯, 도박중독 또한 자신의 의지만으로는 절대 고칠 수 없는 '정신질환'이며 현은 그 질환을 앓는 환자였다.

"도박중독이란 게 얼마나 무서운 질병인지 알고 나니까 그런 생각이 들더라고요. ㄱ 선생도 정말 힘들었겠구나. 도박 때문에 죽을 고비를 넘기고도 또 하고 싶어지는, 정말 상식적으로는 이해할 수 없는 정신병을 앓는 게 얼마나 힘들었을까."

이어지는 그의 말이 나를 송두리째 뒤흔들었다.

"어느 날 소책자에 나오는 문구가 받아들여지더라고 요. 도박중독은 완치할 수 없고, 혼자서는 절대 해결할 수 없다는 걸요."

고칠 수 없다니? 현의 도박문제를 해결하러 모임에 나온 나에게 그들은 도박중독이 '완치할 수 없는 병'이 라고 말하고 있었다. 그렇담 조금 아까 단도박 생활을 한 지 10년 차, 20년 차가 됐다고 말한 분들은 다 뭐란 말이지? 나의 마음속 의문이 훤히 들여다보이기라도 하 는 것처럼 참석자가 말을 이어갔다.

"중독성 도박은 당뇨병이나 고혈압처럼 완치할 수는 없지만, 지속적인 관리를 통해 잠재울 수 있는 질병입니 다. 언젠가 ㄱ 선생이 저한테 그러더군요. 모임에 나가지 않으면 그 끝은 자살이란 걸 알고 있다고요. 그 무서운 충동을 순간순간, 하루하루 잠재우는 건 모임의 힘이 아니면 불가능하다고요."

충동을 하루하루 잠재우며 평생을 사는 것. 그것이 중독에서 헤어나와 일상으로 돌아가는 유일한 방법이었 다. 단도박의 의미는 도박을 끊는 것이 아니라 도박을 중단한 상태를 지속해나가는 것이었다. 완치의 불가능 성, 그리고 지속적인 잠재움. 이것은 희망의 메시지일까,

아니면 절망의 메시지일까? 골똘히 생각에 잠긴 사이 나의 차례가 돌아왔다.

# 대나무숲

"안녕하세요…. 00 채입니다…."

낯선 사람들 앞에 취약해진 나를 드러내는 데는 용기가 필요했다. 말을 고르느라 한참이 걸렸다.

"모임 시작하기 전에 잠깐 말씀드렸는데, 제 짐작이지만 저희 오빠가 스포츠 토토에 빠진 지 적어도 5년은 넘은 것 같아요."

나는 떨리는 목소리를 감추려 애쓰며 일반 상담을 받았으나 실패하고 모임에 나오게 된 과정, 부모님과 현사이에서 내가 느끼는 감정 등을 이야기했다. 참석자들은 뒤죽박죽 엉킨 나의 말을 잠잠히 들어주었다.

"부부라면 이혼이라도 할 텐데 우리는 남매니까 헤어질 수도 없어요. 한집에 살지 않을 때는 그나마 괜찮았는데 이젠 매일 얼굴을 보니 너무 힘들어요. 매일 걸려오는 부모님의 전화를 받는 것도 너무 힘이 들고요."

눈시울이 붉어진 나는 말을 멈추고 가빠진 숨을 골랐다. 옆 사람이 조용히 티슈를 건넸다.

"겉으로는 아무렇지 않은 척을 하는데 속으로는 죽이고 싶다는 생각이 불쑥불쑥 떠올라요. 이런 생각을 하는 제가 너무 두렵고 이러다 정말로 미쳐버릴 것 같다는 생각을 자주 해요."

사람들이 가만가만 고개를 끄덕였다. 몇몇은 조용히 눈물을 흘렸다. 힘겹게 말이 이어지고 끊어지기를 반복하는 동안 그들은 그저 사려 깊은 눈길을 보내며 잠잠히 기다렸다. 현이 모임을 통해 나아졌으면 좋겠다는 말로 두서없는 이야기를 마치자 사람들이 한 목소리로 화답했다.

"감사합니다."

처음이었다. 깊숙이 감춰두었던 어두운 생각까지 누군가에게 털어놓은 것은. 누군가가 나를 진심으로 헤아려주고 함께 울어준 것은. 아직 낯설고 조심스러웠지만 한 가지는 분명했다. 그들은 내가 한마디만 해도 열 마디를 이해하고 공감하는 사람들이었다.

나는 안전한 대나무숲이 절박하게 필요했다. 내밀한

이야기, 날 것 그대로의 생각과 감정을 털어놓더라도 비난 없이 끝까지 들어주고, 지지해주고, 비밀을 지켜줄 안전한 관계와 공간이 절실했다. 아무리 친한 친구여도 현의 도박문제는 이야기하기 어려웠다. 모처럼 시간을 내 만난 친구들 앞에서, 팬시한 인테리어의 카페에서, 도박중독이라는 어둡고 무거운 이야기로 분위기를 흐릴 수는 없었으므로. 부모님은 현의 도박으로 엄청난 경제적 타격을 입었고 커다란 정신적 고통을 겪었지만, 현이 마음만 굳게 먹으면, 신앙생활만 제대로 하면, 결혼해서 안정을 찾으면, 자식을 낳아 책임감이 생기면, 그러기만 하면 도박을 끊을 수 있다고 믿었다. 나는 부모님의 하소연을 들어줄 상대일 뿐 문제를 함께 해결하거나 고통을 서로 위로하는 관계일 수는 없었다.

무엇보다 나의 불안감은 도박중독이 가십거리가 되기 딱 좋다는 데 있었다. 인간에게는 타인의 불행과 고통을 자신의 위안으로 삼는 묘한 심리가 있으므로. 오랫동안 무관심하던 한 친구는 상황이 좋지 않음을 암시하는 글을 보고는 갑자기 흥미를 보이며 말을 얹었다. 그에게 선의가 1%도 없었느냐 하면 그건 아니었을 것이다. 그러나 선의에서 비롯된 천진하고 납작한 연민이 때로 한 사람을 무너뜨리기도 한다. 나는 두려웠다. 나의 고통이 누군가의 입방아에 오르내리며 은밀한 즐거움이 될까 봐. 사람들이 내가 사랑하는 이에게 – 내 가족과 현에게 – 함부로 사회적 낙인을 찍을까 봐. 상상만 해도 끔찍했다. 친구, 친척, 신앙 공동체, 그 어디도 안전하지 못했다.

'이 모임이라면 안전한 대나무숲이 되어줄 수 있지 않을까?'

나는 모임의 이야기 방식에 깊은 인상을 받았고 어느새 그들을 신뢰하고 있었다. 내가 말을 끝낼 때까지 누구도 끼어들거나 말을 얹지 않았고, 인내심을 갖고 충분히 들어주었다. 섣부른 조언이나 평가도 없었다. '감사합니다'라고 화답하는 게 전부였다. 경청이란 단어는 바로 이럴 때 쓰는 단어란 생각이 들었다. 이곳에서는 취약한 나의 자아가 드러날까, 체면이 깎일까, 나를 무시하지 않을까 두려워할 필요도, 애서 감출 필요도 없었다. 그들 또한 나와 같은 고통을 겪었으므로.

비로소 의지할 곳을 찾았다는 생각과 함께 잃었던 무언가를 되찾은 듯한 느낌이 들었다. 아주 오랫동안 찾아 헤맸던, 안전하다는 감각(security)이었다.

## 평생 다녀야 한다니요

모임이 끝나고 건물 밖으로 나가자 단도박 모임의 참석자들이 삼삼오오 모여 서서 우리를 기다리고 있었다. 사람들은 서로 반갑게 인사를 하며 내게도 인사를 건넸다.

"여사님, 같이 식사하러 가요."

별다른 일이 없으면 각 모임끼리 식사를 하는 게 보통이라고, 식사를 통해 친교의 시간을 갖는 것도 모임의 일부라고 했다. 몇몇이 먼저 인사를 하며 자리를 떴다. 현은 쭈뼛대며 단도박 모임의 참석자들과 인사를 나누고 있었다.

"난 안 먹고 먼저 갈게."

현이 먼저 자리를 떴다. 나는 어색함을 감추며 가족모임 참석자들을 따라 자리를 옮겼다.

모임 시간에 미처 하지 못했던 말들과 일상적 수다가

식탁 위에서 오고 갔다. 음식이 준비되는 동안 여사님들
은 낯설고 어색해하는 내게 다정하게 말을 건넸다. 모임
의 유래에 대해서도 들을 수 있었다. 모임에서 실천하는
'회복을 위한 12단계 프로그램'은 미국에서 시작된 '익
명의 알코올 중독자들 모임(알코올 중독자들의 자조모
임, AA: Alcoholic Anonymous)'의 설립자들이 만든 12
단계 프로그램에서 따와 단도박 모임에 맞게 수정한 것
이었다.

"단도박 모임에선 뭘 해요?"

"방식은 우리랑 똑같아요. 교본 읽고, 돌아가면서 이
야기하고, 평온을 청하는 기도로 모임을 마치고요."

다른 점이 있다면 단도박 모임은 중간에 흡연자를 위
한 휴식 시간을 가진다는 것뿐. 현이 첫 모임에서 무엇
을 느끼고 생각했을지 궁금했다. 부디 그도 모임에 대해
좋은 인상을 받았기를. 나는 간절히 바랐다.

"모임에 꾸준하게 나오는 게 제일 중요해요. 모임 해
보니 별거 없는 것 같다, 혼자 할 수 있을 것 같다며 몇
번 나오다 마는 분들이 많지만 모임 밖에서 혼자서 단
도박 하는 건 불가능해요."

한 여사님이 모임 참석의 중요성을 강조하자 다른 여

사님이 말을 받았다.

"회복에는 오랜 시간이 걸려요. 모임에 나온다고 단번에 바뀌지 않죠. 처음에 나올 때는 대부분 큰 사고가 터지고 나서 억지로 끌려 나오잖아요. 그러니 당분간 납작 엎드려서 다니는 척만 하자, 그런 생각을 하는 거죠. 그렇게 한 번 두 번 나오다가 사람들이랑 친해지면 사람들이랑 노는 게 좋아서 나오기도 해요. 꾸준히 나오다 보면 모임에서 듣고 배우면서 자연스럽게 변화가 생길 거예요. 그게 단도박 일주일이 되고, 100일이 되고, 1년이 되고, 저희 ㅅ 선생처럼 10년도 되는 거죠."

현은 어떤 마음으로 모임에 나왔을까? 이 모임에는 또래가 많지 않은데 잘 적응할 수 있을까? 당장 다음 주에 현이 모임에 나가겠다고 할지도 불확실한데 1년, 5년, 십수 년이란 숫자는 무한대나 다름없어 보였다. 억울한 생각도 들었다. 현 때문에 나까지 그 긴긴 세월을 모임에서 보내야 한다니. 죽을 때까지 평생 모임에 다녀야 한다니. 엄두도 안 나고 상상도 안 되는 일이었다. 하지만 다른 선택지는 없었다. 지금까지의 모든 시도는 모조리 실패했으므로.

식사 자리가 파한 뒤 집으로 돌아왔다. 현은 컴퓨터 게임에 열중하고 있었다. 그에게 묻고 싶은 게 많았지만 묻지 않았다. 나와 마찬가지로 그에게도 오늘의 경험을 충분히 소화할 시간이 필요할 것 같았다.

"현이는 어때?"

"별다른 말 없었어. 안 가겠단 말은 안 하더라고. 일단 금요일마다 나가기로 했어."

나는 부모님께 전화를 걸어 오늘의 일을 보고했다. 긍정적인 인상에 초점을 맞추어. 모임에서 배운 것에 대해서도 나눴다.

"그래. 엄마 아빠가 늘 너한테 미안하고 고맙다."

부모님을 안심시키려는 의도에서 한 말이었지만 모임에서 긍정적인 인상을 받은 건 분명한 사실이었다. 압류와 파산, 개인회생, 수감 등 모두 도박중독자인 가족으로 인해 힘겨운 상황에 처해 있었지만 그들의 얼굴에는 미소가 어렸다. 모임에 참석하러 오는 길에 본, 골목길에 흐드러진 단풍이 참 아름다웠노라고 말하기도 했다. 그것은 현실을 외면하는 막연한 낙관주의와 달랐다. 그들에게서는 단단한 힘과 희망이 느껴졌다.

나는 스스로에게 타협안을 제시했다. 일단 한 달은

다녀보자. 그런 다음 모임이 도움이 안 된다는 판단이
서거나 이상하다 싶으면 그만두자.

## 금요일을 기다리는 마음

첫 모임 이후 한 주가 흘러 금요일이 왔다. 지난 모임에서 어떤 인상을 받았는지 알 수 없지만, 다행히 현은 별 거부 없이 차에 올라탔다. 모임 안내표지는 지난번과 변함없이 같은 시간 같은 장소에 걸려 있었다. 현은 단도박 모임실로, 나는 가족모임실로 걸음을 옮겼다.

가족모임실로 들어서자 첫 참석 때 뵀던 여사님들이 반가운 얼굴로 나를 맞았다.

"잘 오셨어요. 날이 많이 춥죠?"

한 분이 나를 위해 의자를 빼주었다. 테이블 위에는 지난주와 다름없이 교본과 소책자가 놓여 있었고, 몇 개의 접시에 호두과자가 한 움큼씩 놓여 있었다.

"ㄴ 여사님이 여행 다녀오면서 사 오셨대요."

호두과자를 집어먹고 따뜻한 차를 홀짝이며 담소를 나누는 동안 사람들이 하나둘 모임실로 모여들었다.

사회자가 모임의 시작을 알렸다.

"지금부터 0월 0일 단도박 가족모임을 시작하겠습니다. 일주일 동안 안녕하셨습니까?"

"안녕하세요."

"지금부터 우리가 이 자리에 오기까지 일주일을 반성하는 성찰의 시간을 갖도록 하겠습니다."

사회자의 말에 따라 잠시 침묵하며 성찰하는 시간이 주어졌다. 같은 자리에 모여 같은 형식을 반복하고 같은 내용을 반복해 읽는 게 어쩐지 종교의 예배 형식과 비슷하다는 생각이 들었다. 설교자가 없고 모두 동등하게 이야기를 하는 것과 노래를 부르지 않는다는 요소를 빼면 얼추 비슷했다.

옆 사람의 낭독이 끝나고 나의 차례가 돌아왔다. 내가 읽어야 할 페이지에는 도박중독자의 가족이 지켜야 할 사항이 쓰여 있었다. 첫 모임 때는 절차를 따라가느라 바빠 미처 놓친 내용이 눈에 들어왔다. 그 내용은 보통 사람들의 상식과는 전혀 반대였다.

"부채 문제는 전적으로 중독성 도박자 자신이 책임을 지고 해결해야 할 문제입니다. 절대로 아는 체하지 마십시오."

"누구라도 절대로 중독성 도박자의 빚을 갚아 주거나 지불을 보증해 주거나 하지 마십시오."

"다른 사람의 할 일을 대신해주지 말 것. 다른 사람의 생활을 조정하지 말 것(먹고, 자고, 일어나는 것, 빚 갚아주기)."

빚을 갚아주지 말라니? 하루만 연체해도 대부업체 이자가 눈덩이처럼 불어나는데! 가만히 손 놓고 있다가는 신용불량자가 되고, 직장에서 쫓겨나고, 구직 시 불이익을 당하고, 파산에 이를 것이다. 안 갚아주면 폭력을 쓸 수도, 집을 나갈 수도, 범죄를 저지를 수도 있다. 최악의 경우 자살에 이를 수도 있다. 그런 최악의 상황을 수백 가지라도 떠올릴 수 있었다. 그러나 모임에서는 단호하고 반복적으로 절대 도박중독자의 빚을 갚아주어서는 안 된다고 했다.

"ㅇ 선생은 더 이상 잡아뗄 수 없을 때까지 도박빚이 있다는 사실을 숨겼어요. 빼도 박도 못 하는 증거가 나오면 그때야 털어놓았죠. 그런데 나중에는 도박빚이 생겼다 하면 ㅇ 선생이 먼저 털어놓더라구요. 제가 갚아줄 걸 아니까요. 일종의 학습효과가 생겼던 거죠. 모임에 나와서야 깨닫게 됐어요. ㅇ 선생이 문제에 직면하고 책임질 기회를 제가 빼앗아 왔다는 걸요."

여사님들의 이야기를 들으며 그동안 부모님과 내가 현의 빚을 갚아주었던 횟수와 금액이 머릿속을 어지럽히며 스쳐 갔다. 다시는 도박을 하지 않겠다는 현의 말을 믿고 또 믿으며 갚아주었던 지난날들. 빚을 갚기 위해 포기하고 감수해야 했던 것들. 모든 게 현을 위한 필사적인 노력이었건만 그에게 독이 되었다니. 알코올 중독자에게 술을, 마약중독자한테 마약을 준 거나 마찬가지였다니. 망치로 뒤통수를 얻어맞은 듯 머리가 멍해졌다.

일반인의 상식과 다른 가르침은 또 있었다. 모임에서는 위기가 닥쳐오더라도 그것이 도박중독자가 벌인 일의 자연스러운 결과라면 막지 말라고 가르쳤다.

"바닥을 쳐야 치료를 받든 모임에 나오든 동기가 생기는데 ㅅ 선생은 어려워 보였어요. 아버님은 본인이 죽을 때까지 돈을 갚아주는 한이 있어도 아들 안쓰러운 꼴은 도저히 못 보겠다고 하셨거든요. 그게 그 사람을 망치는 지름길이라고 아무리 말씀드려도 끄떡없으셨어요. 아들이 중독자인 걸 인정하고 시간과 노력을 들여 치료하는 것보다 그때그때 돈을 줘서 보내는 게 쉽고 편했던 거죠."

중독자가 자신이 중독자임을 인정하고 싶어 하지 않는 만큼 가족들도 그가 환자임을 받아들이고 싶어 하지 않는다. 혹은 그가 환자임을 받아들이지 않아야 계속 원망할 수 있기에 부인한다. 가족들은 돈만 해결해주면 그만두겠지 하는 안이한 생각으로 이번 한 번만 마지막으로 믿어주겠다고 말하며, 혹은 반쯤 속아주는 심정으로 돈을 내놓는다. 위기를 끝없이 유예할 수 있을 것처럼 말이다. 그러나 오늘 갚아주더라도 내일 또 똑같은 실랑이를 벌여야만 한다. 환자라는 사실을 받아들일 때 도박중독자도 가족도 문제를 의지로, 혼자 힘으로 해결할 수 있다는 착각을 버리고 전문가와 자조모임을 찾는다. 마지막의 마지막까지 가야만, 비로소 희망의 씨앗을 심을 수 있다.

나는 몇 주 만에 모임에 빠르게 적응했다. 12단계의 내용은 여전히 알쏭달쏭했지만 모임을 그만둘 이유는 전혀 찾을 수 없었다. 금요일마다 같은 시간 같은 자리에 나의 이야기를 들어줄 누군가가 기다리고 있다는 것, 같은 고통을 겪은 이들 앞에서 근심을 털어놓을 수 있다는 것이 위안이 되었으므로.

"도박중독자 마음은 같은 중독자들이 제일 잘 알고, 중독자 가족 마음은 같은 가족들이 제일 잘 알지요."

정말 그랬다. 의료진이나 상담사는 이론과 임상 경험을 통해 중독자와 그 가족들의 문제를 개선하도록 돕는 역할을 하지만, 문제의 당사자가 아니기에 아무리 노력한다 해도 내담자의 고통을 이해하는 데 한계가 있다. 마찬가지로 가족들 또한 가장 가까이서 중독자를 보고 듣고 겪지만, 중독자가 아니기에 그들의 심리를 이해하기 어렵다. 같은 고통을 겪는 이들이 한자리에 모이는 것은 소수 부족민이 지구 반대편 외딴 섬에서 같은 언어를 쓰는 이를 만난 것만큼 귀하고 반갑고 위로가 되는 일이었다. 도박중독자가 찾아왔다고, 도박중독자의 가족이 찾아왔다고 환대해주는 곳이 세상 어디에 또 있을까? 어디서도 환영받지 못할 사람이 그곳에선 환대받았다. 어디서도 듣고 싶어 하지 않을 이야기를 그곳에서는 기꺼이 들어주었다. 거기에서 나는 속으로만 삼켜온 응어리진 감정을 눈물로 쏟아냈고, 함께 울었다. 시간이 지나며 눈물은 말로 번역되었다. 사람들은 그 말을 들어주고, 지지하고 격려함으로써 내게 응답했다.

상황은 아무것도 달라진 것이 없었다. 현은 여전히 신용불량자 신세였고 우체통에는 빚 독촉장이 날아와 꽂혔다. 나는 여전히 현과 한집에 살았고 부모님은 매일같이 전화를 걸어 내게 현의 상태를 물었다. 나의 두 귀와 신경은 현이 제 방문을 들고 날 때마다 예민하게 곤두섰고, 설거지나 쓰레기를 처리하는 등 사소한 일로 신경전을 벌였다. 그럴 때면 베란다에 나가 커다란 화분 속에서 누렇게 말라비틀어져 가는 식물을 우물물 보듯 내려다보았다. 익숙하고 생기 없는 일상이었다. 그러나 이전에는 없던 무언가가 생긴 건 분명했다. '금요일을 기다리는 마음'이었다.

# 가족병

　나는 교본과 책자를 구입했다. 가족모임에서 가르치는 내용을 모조리 흡수하고 싶었다. 꾸준히 모임에 참석하고 여사님들의 이야기를 들으며 교본의 내용이 자연스럽게 스며들었다. 일단 현이 도박중독이라는 정신질환에 사로잡힌 환자라는 사실을 받아들이자 현에 대한 분노가 조금씩 수그러들기 시작했다. 그다음 받아들인 것은 나 또한 '가족병'에 시달리는 환자라는 사실이었다.

　도박중독자의 가족은 불안, 초조, 우울, 울화, 무기력 등 다양한 정신적 고통에 시달린다. 도박중독자 대신 생계를 홀로 짊어지게 되는 중독자의 가족은 살기 위해 부정적인 감정들을 떨쳐내려 하거나 무시하고 억누른다. 그러나 무시하려 하면 할수록 부정적 감정은 더 증폭될 뿐이다. 감정적, 정신적 고통은 결국 몸으로 표출된다. 이를 신체화 증후군(somatization syndrome)이라 한다. 속이 더부룩하고, 가슴이 답답하고, 손발이 차갑고

저리며, 수면장애를 겪거나 월경주기가 불규칙해지고, 두통, 어지러움 등을 느끼는 것이 대표적인 증상이다. 마음의 병이 깊어지고 스트레스에 취약해지면서 몸도 병드는 것이다. 이렇게 정신적 충격으로 인해 일상생활에서 몸과 마음의 장애를 겪는 현상을 의학계에서는 '트라우마(외상 후 스트레스 장애)'라 진단한다. 그리고 가족모임에서는 이를 '가족병'이라고 불렀다.

'가족병'은 의학적 진단명은 아니지만 내가 도박중독자와 가족으로서 함께 살면서 경험하는 고통을 이해하고 설명하는 데 가장 정확한 표현이었다. 나는 모임에 다니기 전 일반 상담사에게 상담을 받으며 스스로가 우울과 무기력에 압도된 것을 인지했다. 하지만 이 증상에 '가족병'이라는 이름을 붙인 것은 촛불로 밝히던 어두운 길목에 환한 전등불을 켠 것과 같았다.

우리는 가족이라서 외면할 수 없고, 가족이라서 짐을 나누어져야 한다고 믿었다. 사람들은 남편이 도박중독자라고 하면 너무도 쉽게 이혼하라고 말한다. 그러나 당사자의 사정은 그리 간단하지 않다. 온갖 이유가 가족들의 발목을 잡는다. 과거의 행복했던 추억, 사랑의 감정, 내 아이의 아버지 또는 어머니라는 사실, 양육권 분쟁의 어려움, 가족 간의 이해관계, 죄책감, 사회적 체면, 나아질 수 있으리란 희망 같은 것들 말이다. '정상 가족' 이데올로기가 강한 한국에서 이혼은 절대 말처럼 쉽지 않다.

나처럼 형제가 도박중독자거나 자식, 부모가 도박중독자인 경우는 가족주의에 더 강하게 영향을 받는다. 우리는 인간으로서 존엄을 지키며 살기 위해 때로는 가족과 거리를 두거나 최후의 방법으로 연을 끊는 선택을 하기도 한다. 그 선택과, 선택하기까지 당사자가 겪은 과정에 대해 누구도 쉬이 말할 수 없고, 말해서도 안 될 것이다. 그러나 유교적 가족 관념이 뿌리 깊이 내린 한국 사회에서 부모-자식 관계, 형제 관계는 혈연이라는 '천륜'으로 맺어져 있기에 깨질 수도 없으며, 이를 저버리는 것은 곧 인간이기를 포기하는 것으로 간주한다. 중독자의 가족들은 사회적 몰이해와 개인적 고통 사이에서 절망하고 병들어간다.

나는 나의 불안과 의심, 억울함 같은 감정들, 심장이 갑자기 빨리 뛰고 턱에 과도하게 힘을 주는 습관 등이 모두 도박중독자의 가족으로 살면서 얻게 된 '가족병'임을 알게 됐다. 나는 가족병에 시달리는 '환자'였다. 고쳐야 할 것은 현의 도박문제뿐만이 아니었다. 오히려 가장 먼저 해야 할 조치는 나의 '가족병'을 고치는 것이었다. 가족인 내가 먼저 살아야 중독자도 살릴 수 있다. 그 사실을 깨우침으로써 나는 회복을 향해 또 한 걸음을 내디뎠다.

# 평온함을 청하는 기도

현은 나와 함께 모임에 꾸준히 나갔다. 모임을 마치면 곧장 집으로 갔던 전과 달리 식사 자리에도 참석하기 시작했다. 단도박 모임의 선배 협심자 분들은 자리가 파할 때마다 환한 얼굴로 현에게 악수를 청했다. 손을 맞잡고 흔드는 현의 안색이 전보다 조금 밝아 보였다. 어떤 일이 있었는지 알 수 없지만, 현도 모임 참석자들에게 조금씩 마음을 여는 것 같았다.

다행이다 싶으면서도 현이 지금처럼 계속 모임에 참석하기를 바라며 조바심이 났다. 모임에 참석하는 날이면 현의 기분을 거스르지 않으려 애썼고, 관심사나 연령대가 다른 선배 협심자들에게 이질감을 느끼지는 않을까 걱정했다. 어떻게든 현이 모임에 참석하도록 만들고 싶었다. 그러나 모임 때마다 낭독하는 '회복을 위한 12단계'의 1단계에는 이렇게 쓰여 있었다.

"제1단계, 우리는 우리가 도박문제에 대해 무력하고

우리의 삶이 감당하기 어렵게 되었음을 인정합니다(We admitted we were powerless over gambling – that our lives had become unmanageable)."

도박문제에 무력하다는 것. 그것은 내가 어떤 노력을 하더라도 절대 중독성 도박자의 도박 행위를 막을 수 없다는 뜻이었다. 조바심을 내고 비위를 맞추려 애쓰는 것, 수를 쓰려고 궁리하는 것, 대신 걱정하는 것. 모두 소용없는 짓이었다. 전에 나는 자주 되뇌었다.

'다 부질없어.'

깊은 절망과 악에 받친 체념, 냉소에서 우러나오던 말이었다. 그런데 어느 날 모임 중에 1단계를 따라 읽다가, 그 말이 완전히 새로운 의미로 다가왔다.

도박중독자가 회복하기 위한 첫 관문은 자신이 도박중독자라는 사실을 공개적으로 인정하는 것이다. 마찬가지로 내가 나의 가족병에서 회복되기 위해서는 먼저 인정해야 했다. 모든 수단을 동원해 도박을 그만두게 하려고 노력했으나 모두 실패했으며, 그동안 내 삶이 멀쩡한 것처럼 보이려고 노력했으나 더 이상 경제적으로든 정신적으로든 감당하기 어렵다는 사실을 말이다. 한 인간으로서 나의 존재 자체가 무력하다거나 생의 패배자라는 뜻이 아니다. 모임을 마칠 때마다 낭독하는 『평온함을 청하는 기도』는 무력함을 인정할 때 어떤 변화가 일어나는지 말해주었다.

"위대한 힘이여! 어쩔 수 없는 것을 받아들이는 평온함을 주시고, 어쩔 수 있는 것을 바꾸는 용기를 주시고, 그리고 이를 구별하는 지혜도 주소서(God! grant me the Serenity to accept the things I cannot change, the Courage to change the things I can, and the Wisdom to know the difference)."*

나는 도박문제를 해결하는 데 철저히 무력하다. 현이 도박을 멈추고 말고는 내가 어쩔 수 있는 일이 아니다. 중독성 도박은 계속된 도박으로 뇌의 보상회로가 망가지면서 발생하는 정신질환이며, 단도박은 오직 중독자 스스로 도박을 멈추겠다는 강렬한 열망을 가질 때만 가능한 일이기 때문이다. 이 사실을 절망과 체념 없이 있는 그대로 인정하자 둑이 무너지듯 해방감이 찾아왔다.

'현이 계속 도박을 한다 해도 그것은 내 책임이 아니

......
* 신학자인 라인홀트 니버가 쓴 기도문을 단주모임(AA, Alcoholics Anonymous)에서 모임의 목적에 맞게 변형하여 사용하고 있다. 이를 단도박 모임에서도 사용한다.

다. 그렇다면 그를 책임지고 고쳐야 한다는 강박을 버려도 된다!'

책임져야 할 것은, 오직 나의 삶뿐이다. 죄책감 없이 내 삶에 초점을 맞추어도 된다! 설사 현이 계속 도박을 하더라도 나는 평온할 수 있다! 그러나 평온과 자유를 얻기 위해서는 그동안의 방식 - 그를 조정하고 통제하려 했던 시도들 - 을 모두 내려놓아야 했다.

기도문은 불가해한 삶 앞에서 겸손해야 한다는 가르침이기도 했다. 우리의 힘으로 어쩔 수 없는 것이 있다는 것. 그 사실을 받아들이고 바꿀 수 있는 것만을 용기 내 바꿀 때 평온함을 얻을 수 있다고, 기도문은 가르쳐주었다. 나는 기도문을 휴대폰 메모장에 적었다. 아침에 잠에서 깨면 제일 먼저 메모장을 켜 기도문을 읽었다.

"어쩔 수 없는 것을 받아들이는 평온함을 주시고, 어쩔 수 있는 것을 바꾸는 용기를 주시고, 그리고 이를 구별하는 지혜도 주소서."

나는 내게 주어진 하루를 좀 더 잘 살아보고 싶어졌다.

# 손상되지 않은 하루

현에게 맞춰졌던 초점이 서서히 나 자신에게로 돌아왔다. 번뜩 정신을 차리고 보니 나의 삶에는 이렇다 할 규칙이 없었다. 밤이면 좀처럼 잠이 오지 않아 새벽 늦게야 지쳐 잠들고, 낮에는 수면 부족으로 만성 피로를 느꼈다. 주위를 둘러보니 또래 친구들은 연차가 꽤 쌓여 자기 분야의 전문가가 되어있었다. 흘려보낸 기회들이 뒤늦게 후회스러웠다. 내가 가족병으로 허우적대는 동안 모두 저 멀리 앞서간 것 같았다. 상처 입히거나 놓아버린 사람도 여럿이었다. 부모님, 친구, 동료들. 그때는 관계를 유지할 에너지가 없었고, 이제 와서는 관계를 회복할 엄두가 나지 않았다.

미래에 대한 구체적인 계획과 대비도 되어있지 않았다. 저축해놓은 돈도 없고, 보험 들어둔 것도 없고. 이러다 나나 부모님이 갑자기 크게 다치거나 아프면 어떡하지? 현이 또 사고를 치면 어떡하지? 압류 딱지가 날아오면 어쩌지? 덜컥 겁이 났다. 모든 게 이미 늦어버렸단 생각에 다리에 힘이 풀리는데 코앞에는 처리해야 할 일이 한 무더기였다. 무기력의 늪에서 겨우 헤어나왔는데 당장 전력 질주를 하라고 채찍을 휘두르는 것 같았다.

그때 가족모임에서 메신저로 보내준 소책자의 한 페이지가 눈에 들어왔다. 매일 아침 10분간 명상의 시간을 가진다는 어느 가족모임 참석자의 경험담이었다.

나는 '여기 아직 아무 일도 일어나지 않은 시간과 분(分)으로 가득 찬 하루가 있다. 나는 아무 실수도 하지 않았고, 어떤 어려움에 고통받지 않았다.'라고 말하곤 했다. 그럴 때 내 정신은 전에 일어났던 일로 생각이 바뀌고 나는 공포를 되새기고 있다는 것을 발견했다. '아니지!' 하고 나는 스스로에게 말했다. '당신은 지금 명상의 과정에서 이탈하고 있다.' 그리고 나는 이 손상되지 않은 하루에 대한 묵상으로 다시 돌아갔다.

'손상되지 않은 하루'라는 표현이 와 닿았다. 아침에 잠에서 깰 때마다 내 앞에는 흠집 하나 없이 깨끗하고 새로운 24시간이 펼쳐진다. 어제가 어떠하든 새로 시작할 수 있는 하루가 주어진다는 것은 유한한 인간에게 값없이 주어지는 신비이고 과분한 축복일 것이다. 그러나 고통스러운 지난날에서 비롯된 무기력과 트라우마, 불안에 사로잡혀있을 때 또 한 번의 하루는 축복이 아니라 형벌이고, 답 없는 어제의 반복일 뿐이다.

"손상되지 않은 하루. 손상된 적 없는, 하루."

나는 성대와 입술을 움직여 소리 내 읽기를 반복했다. 어제와 내일은 모두 내가 어찌할 수 없는 일이다. 나는 되돌릴 수 없는 어제의 잘못과 고통을 되새김질하지 않기로 했다. 내일이 당연히 고통스러우리라 지레 겁먹고, 파국을 상상하며 스스로를 괴롭히는 것도 멈추기로 했다. 흠 없는 하루에 재를 뿌리고 에너지를 갉아 먹는 의식의 흐름을 끊기로 했다. 내가 어찌할 수 있는 것은 오늘뿐이므로. 이 하루를 어떻게 살아내야 할까.

단도박 모임과 가족모임에서 가장 강조하는 말이 떠올랐다.

'하루하루에 살자.'

그건 소책자의 제목이기도 했다. 책의 또 다른 페이지에는 이렇게 쓰여 있었다.

나는 오늘만이 나의 유일한 관심거리이며 그것을 가능한 한 좋은 하루가 되게 하겠다고 다짐하겠다. 이 작은 한 뼘의 시간은 나의

*것이며 나는 그것을 꼭 해야 할 필요가 있는 데 사용할 것이며 시간*
*을 쪼개어 즐거운 일과 반성하는 데 사용할 것이다.*

딱 내가 할 수 있는 만큼만, 서두르거나 긴장하지 말
고 한 번에 한 가지씩 하기. 먼저 해야 할 일을 먼저하고
다른 문제는 때가 될 때까지 잊어버리기. 그것이 패닉에
빠지지 않고 쌓인 일들을 처리하는 가장 쉽고 효율적인
방법이라고, 가족모임의 인생 선배들이 말해주고 있었
다. 과거에 대한 아쉬움과 후회는 오늘 더 현명한 선택
을 함으로써 지워나가고, 미래에 일어날 일은 그때 가서
일어났을 때 직면하면 된다. 그저 오늘 하루만을 살아내
고자 하면 내일에 대한 부담을 벗어버릴 수 있다.

"오직 오늘 하루만을 위하여. 주어진 하루 만큼씩만
살기."

나는 자리에서 일어났다. 물을 한 잔 마셨다. 그리고
하루가 시작되었다. 아침마다 밀려오던 삶에 대한 거대
한 공포가 옅어져 가는 것을 느꼈다.

# 자기 몫의 짐만 지세요

어느 날 여사님들이 지역의 도박문제관리센터에서 상담을 받아 보라고 권했다.

"센터 상담이랑 가족모임을 병행하면 회복하는 데 큰 도움이 돼요. 중독자는 12회, 가족은 4회까지 상담해주고 그 뒤에도 주기적으로 관리를 해줘요."

현은 단도박 모임에 나오기 수년 전 자발적으로 다른 지역의 센터에 찾아가 상담을 받은 적이 있었다. 하지만 서너 번의 상담을 받는 중에도 도박은 계속되었고, 상담이 소용없다는 생각과 죄책감에 발길을 끊었다고 했다. 이번엔 효과가 있을까. 과거의 기억 때문에 센터에 가기를 거부하지 않을까. 내가 조심스레 말을 꺼내자 현은 별 거부 없이 상담 일정을 잡았다. 현도 단도박 모임에서 센터에 가보라는 권유를 받은 모양이었다.

"날이 춥죠?"

우리는 상담사 앞에 나란히 앉았다. 상담사는 친절하

게 인사를 건네며 긴장을 풀어주었다. 간단히 우리의 관계와 상황을 묻고 몇 마디를 나눈 후 검사지를 건넸다. 세세한 질문으로 이뤄진 몇 장 분량의 검사지였다.

"30분 정도 시간 드리면 되겠죠?"

상담사는 우리를 두고 잠시 자리를 떴다. 나와 현은 검사지를 각각 받아들고 문항에 답을 해나갔다. 검사를 마치자 상담사가 돌아왔다. 검사 결과는 일주일 후에 나온다고 했다.

"가족이 원하는 것과 도박을 하는 당사자가 원하는 게 다를 수 있어요. 단도박을 목표로 할 수도 있고, 조절도박을 목표로 할 수도 있죠. 조절도박이란 말 그대로 스스로 도박 행위를 조절할 수 있는 상태를 말해요. 일주일에 만 원이면 만 원, 3만 원이면 3만 원만 딱 하고 끝내겠다, 이렇게 스스로 정한 액수와 범위 내에서 하고 일상생활에 지장을 주지 않는 거죠. 선생님은 도박 문제에 대해서 앞으로 어떻게 하고 싶으신가요?"

나는 가만히 현의 대답을 기다렸다.

"돈도 없고 할 수 없는 방법도 다 막힌 상황이니까 도박을 안 하고 있을 뿐이지 할 수 있으면 또 할 것 같아요. 제가 스스로 조절할 수 있을 것 같진 않고요."

당황스러울 만큼 솔직한 대답이었다. 도박을 그만두고 싶은 절박함보다 언제든 다시 하고 싶은 욕구가 더 커 보였다. 그 고생을 하고도 도박을 더 하고 싶을까. 마음속으로 한숨을 내쉬었다. 하지만 도박을 조절할 수 없다고 스스로 소리 내 인정한 것은 긍정적인 신호였다. 현은 도박자의 변화 과정 중 2단계쯤에 위치한 듯 했다. 도박자의 변화 과정은 다섯 가지 단계를 밟는다. 1단계는 변화에 관심이 없고 저항하는 '전 숙고 단계'이다. 도박이 문제라 생각하지 않으며 언제든 끊을 수 있으니 중독은 아니라고 부인한다. 2단계는 변화에 확신이 없는 '숙고 단계'이다. 도박을 그만두고 싶기도 하지만 계속하고 싶기도 한 상태이다. 3단계는 변화할 마음의 준비가 된 '준비 단계'이다. 4단계는 도박 행동을 멈추기로 결심하고 시간과 노력을 들여 실천하는 '실행 단계'이다. 5단계는 수개월 동안 단도박을 유지하며 삶의 태도를 변화시키는 '유지 단계'이다. 현은 도박 때문에 힘들지만 멈추기도 어려워하고, 단도박 모임에 다니며 변화할 마음이 조금씩 생기면서도 아직 확신은 없는 상태였다. 상담사는 단도박을 치료 목표로 잡고 앞으로의 상담을 진행하겠다고 했다.

일주일 뒤, 나와 현은 센터에 다시 방문해 검사 결과에 대한 설명을 들었다. 상담사는 내가 가족모임에 나가고 있었던 덕분에 정서가 꽤 안정되어 있다고 했다.

"이번까지는 두 분을 함께 상담했고, 다음 상담부터는 각각 따로 스케줄을 잡아 상담을 진행할 거예요"

센터에서 상담을 받고 왔다고 전하자 부모님은 말했다.

"현이는 어때? 밥은 잘 먹니? 요즘은 별 일 없지?"

진저리나도록 익숙한 질문이었다. 현이 무슨 생각을 하는지, 도박을 계속하는지 안 하는지 그가 말을 하지 않는 이상 나도 알 수 없다. 그런데도 부모님은 자꾸만 물었다. 내게 전화를 걸었다가 생각이 나 묻는 것인지, 현에 대해 묻기 위해 내게 전화를 거는 것인지. 전화를 끊고 나면 이마가 지끈거렸다.

상담일이 돌아왔다. 이번엔 현 없이 나 혼자였다. 나는 상담사에게 부모님의 전화로 스트레스를 받는다고 털어놓았다. 주의 깊게 듣던 상담사가 내게 물었다.

"그런 마음을 가족에게 표현해본 적이 있나요?"

"아니요."

"그렇군요. 부모님은 선생님이 어떤 생각을 하는지 전혀 모르실 수 있어요. 자신을 보호하려면 좀 더 분명하게 표현할 필요가 있어요. 앞으로는 궁금한 게 있으면 오빠에게 직접 물어보셨으면 한다, 부모님과 오빠 사이에서 내가 말을 전하는 게 부담이 된다, 말씀드려보세요."

맞는 말이었다. 부모님은 내가 이런 고민을 하는지조차 모를 가능성이 다분했다. 표현하지 않으니 모를 수밖에. 직접 묻도록 하는 것. 정말 간단한 해답이었다. 그동안 힘들다고 말하지 못했던 건 자식으로서 경제적으로 부모님께 보탬이 되지 못하니 다른 방식으로나마 보상하려는 심리가 나를 옥죄기 때문이었다.

"말씀을 안 드리면 부모님이 감당해야 할 심리적 부담감을 선생님이 계속 떠안게 될 거예요. 부모님의 몫은 부모님 것으로 남겨두고 자기 몫의 짐만 지세요."

나는 제의 받았던 일자리나 유학 등 그동안 놓쳐버린 여러 기회와 후회에 대해서도 이야기했다.

"현에게 원망의 감정이 불쑥불쑥 솟아올라요. 내가 걔만 아니었으면 이렇게 안 살고 있을 텐데. 지금쯤 저

자리에 내가 있었을 텐데. 과거의 선택이 후회스러울 때마다 현이 미워져요. 스스로 합리화하는 거란 생각도 들지만 한편으론 '진짜로 영향을 미치긴 했잖아' 자꾸 그런 생각이 들고요."

상담사가 말했다.

"우리가 어떤 결정을 할 때는 여러 가지를 고려하죠. 가족의 경제적 형편도 고려할 거고, 내가 신체적으로 감당할 수 있는 일인지, 이걸 선택하면 어떤 걸 얻고 잃는지, 또 저걸 선택하면 어떨지 여러 선택지를 따져볼 거예요. 그런 다음 주어진 상황에서 할 수 있는 최선의 선택을 하죠. 누가 나에게 이러저러한 심리적 부담을 주었다 해도 마지막 선택은 결국 나에게 달려있어요. 거부할 수도 있었고, 받아들일 수도 있었죠. 일이 원하는 방향으로 흘러가지 않았을 때 감수해야 할 것까지 오랜 시간에 걸쳐 충분히 따져본 끝에 드디어 결정을 내렸다면, 그건 이제 온전히 '내 선택'이에요. 일단 결정했다면 누가 뭐라 하든 뒤를 돌아보는 일은 그만두어야 해요. 그래야 앞을 향해 나아갈 수 있어요."

떠밀려서 그렇게 할 수밖에 없었다고 생각했던 일들. 마음속 깊은 곳에 숨겨놓은 원망의 불씨들. 살다가 문득 서러워지면 언제고 화르르 타오를 준비를 했던 그 불씨는, 어쩌면 일이 잘못되었을 때 내 탓이 아니라고 변명하고 합리화하기 위한 방어기제였을 지도 모른다. 상담사는 나의 심리와 가족 내 역할 수행을 '공동의존'이라는 용어로 설명했다.

공동의존은 중독자와 오랜 기간 함께 생활하면서 건강하지 못한 삶의 방식과 역할에 적응하는 것을 말한다. 모든 것을 내 탓으로 돌리며 뒷감당을 해주기도 하고(순교자 유형), 가족 내에서 왕따를 시키거나 소리를 지르며 분노를 표출하기도 한다(박해자 유형). 문제의 심각성을 부정하고 적당히 도박하라며 일관성 없는 태도를 보이기도 하고(공모자 유형), 도박자와 친밀한 관계를 유지하기 위해, 또는 '너도 하는데 나는 못 하나'며 함께 도박하기도 한다(도박 친구 유형). 완전히 희망을 잃고 감정적으로 무감각해져 돕는 것 자체를 포기하기도 한다(냉담한 공동의존자 유형). 즉, 공동의존은 중독자에 대한 진심 어린 염려에서 시작되지만 나를 돌보는 대신 중독자에게 과도하게 시간과 에너지를 쏟다가 자아를 잃어버리게 되는 심리적 질병이다.[*]

......
[*] 중독자 가정 뿐만 아니라 학대, 질병, 불화 등 만성적 어려움이 있는 가정 또는 관계에서 갈등하며 살아온 이에게서 공통적으로 발견된다.

공동의존에 대한 설명을 듣고 깨달았다. 나는 순교자 유형의 공동의존자였다. 그것 외에는 달리 선택지가 없다고 생각하면서, 희생을 감수하더라도 우리 가족의 해결사 역할을 해야 한다는 압박감을 느꼈다. 부모님과 현에게 심리적으로 과도하게 밀착해 내가 그들의 마음을 속속들이 안다고 착각했다. 그래서 아직 일어나지 않은 갈등을 상상하며 그들 대신 지레 아파하고, 미리 분노했다.

'엄마가 저런 말을 들으면 마음 아파할 게 분명해.'

'아빠가 저런 말을 하면 숨 막혀 할 거야.'

'현이 화를 내면 엄마는 감당할 수 없을 거야.'

이유를 추측하고 분석하려고 애쓰기도 했다.

'현이 저렇게 행동한 건 이러저러한 이유 때문일 거야.'

'엄마는 그 말에 이러저러한 아픈 기억이 떠올랐을 거야.'

상담사는 내가 신도 독심술사도 아님을 일깨워줬다. 내가 그들의 정신과 의사 노릇을 할 필요도 없었다. 부모님의 것은 부모님에게, 현의 것은 현에게, 나의 것은 나에게 맡기기. 가족의 짐을 내려놓고, 내 선택의 결과를

온전히 내 책임으로 받아들이는 연습을 하기. 그렇게 나
는 건강한 삶의 방식과 역할을 다시 배워나갔다.

# 가족이 할 수 있는 최선

가족모임과 센터 상담은 내 것이 아닌 짐을 내려놓고 바꿀 수 있는 것을 바꾸는 용기를 주었다. 현에게 궁금한 게 있으면 직접 물어보시라고 부모님께 말했고, 부모님은 자기 몫의 짐을 받아들였다. 현에게도 몇 가지 변화가 생겼다. 더 이상 핸드폰 소액결제로 돈을 마련하지 못하도록 요금을 선불제로 바꾸었고, 월급을 받는 날마다 월급 명세서를 내게 보여주고 체크카드 지출 내역을 확인할 수 있도록 했다. 법무사를 선임해 개인회생 신청도 맡겼다. 식사를 할 때는 함께 요리하거나 밥상을 차리도록 요구했다. 내가 상을 차렸다면 현이 설거지나 빨래 등 다른 집안일을 하도록 했다. 더 이상 그의 짐을 대신 지지 않을 것이라는 선언의 대상은 뜻밖에도 가족으로 그치지 않았다. 가족모임이나 동네에서 만나는 중년이나 노년의 어르신들이 내게 이렇게 말하곤 했기 때문이다.

"오빠랑 둘이 살아요? 오빠 밥은 동생이 챙겨주겠구먼. 요리를 잘하겠어."

남자는 바깥일, 여자는 집안일을 하므로 밥상은 당연히 여자가 차려야 한다는 가부장적 사고방식이 고스란히 드러나는 말이었다. 그 세대에는 그게 당연했고 다른 삶을 상상할 수 없으므로 하는 말임을 모르지 않았다. 하지만 더 이상 잠자코 있을 수 없었다. 과거에 나를 짓눌렀던 짐의 일정 부분은 바로 그런 사고에서 비롯된 것이었으므로. 스스로를 지키기 위해 단호함이 필요한 순간이었다.

"제가 차릴 때도 있고 오빠가 차릴 때도 있어요. 오빠도 요리 잘하거든요. 그리고 제가 다 해야 하면 같이 못 살죠. 오빠도 다 큰 어른인데요. 그 정도도 안 하면 집 밖으로 쫓아내야죠."

그것은 궁극적으로 나 자신에게 하는 말이었다. 누군가 내 것이 아닌 짐을 내게 얹으려 하거나 짐을 지지 않는다는 이유로 나를 비난하려 한다면, 분명한 태도로 거부하고 그것이 잘못된 기대임을 깨닫게 해야 했다.


조금이나마 마음에 여유가 생겨서일까, 의문이 스멀

스멀 올라왔다. 내가 도박문제를 해결하는 데 무력하다면, 도박을 멈추는 것이 오로지 현에게 달려 있다면, 굳이 가족모임을 다닐 이유가 있나? 그냥 현만 단도박 모임에 나가면 되는 것 아닐까? 모임에 좀 다니다가 현이 괜찮아지는 것 같으면 쉬어도 되지 않을까? 현은 그렇다 쳐도 나까지 모임에 평생 다녀야 한다는 게 나는 여전히 억울했다. 그러던 어느 날, 고향에서 부모님이 올라오신다고 했다.

나는 현과 함께 대청소에 들어갔다. 부모님이 더러운 현의 방을 보면 마음 아파할까 싶어서였다. 청소를 마치고 얼마 지나지 않아 부모님이 현관문을 열고 들어오셨다. 엄마는 습관처럼 청소 상태에 대해 한마디 하려다가 깨끗한 집안을 보고는 아무 말도 하지 않았다.

청소한 지 이틀이 지나지 않아 현의 방은 빈 과자봉지와 음료수 병, 벗어놓은 옷으로 어지럽혀졌다. 현과 내가 출근한 사이 엄마는 기다렸다는 듯이 현의 방을 청소했다. 쓰레기를 버리는 것은 물론 책상 위 물건과 매트리스의 위치를 싹 바꿔놓고 이불을 갈았다. 옷장 속옷과 양말, 속옷의 배치도 모두 엄마의 손을 탔다. 그러나 엄마는 내 방 물건은 털끝 하나 건드리지 않았다.

퇴근 후 집에 돌아온 나와 현은 깜짝 놀랐다. 현은 엄마에게 아무 말도 하지 못했다. 그저 내게만 불만을 털어놓을 뿐이었다. 나는 대꾸했다.

"그러게. 다 큰 아들 딸 방에 뭐가 있을 줄 알고."

엄마는 엄마니까 자식에게 그 정도는 할 수 있는 것 아니냐고 말할 것이었다. 엄마는 부모와 자식 간에도 지켜야 할 경계가 있고 사생활 존중이 필요하다는 말에 동의할 만큼은 지각 있는 사람이지만 현의 물건을 마음대로 옮기고 청소를 대신하는 게 경계를 넘어서는 거라곤 미처 생각지 못했다. 그래도 나는 엄마를 이해하려 애썼다.

'아픈 손가락이라 챙겨주고 싶은 거겠지. 어쩌면 전에 상담사가 엄마의 죄책감을 건드린 게 영향을 미쳤을지도 몰라.'

엄마를 보며 답답해했지만 사실 그건 내가 저질렀던 것과 똑같은 실수였다. 그런 행동이 현에게 보탬이 되지 않고 오히려 해가 된다는 것을 모임에서 배웠더라면, 엄마는 멈추었을 것이다. 그러나 엄마는 중독자를 어떻게 대해야 하는지 몰랐다. 그건 아빠도 마찬가지였다. 아빠는 현재 눈앞에 드러난 도박문제가 없다는 이유로 모든 문제가 종결된 것처럼 여겼다.

"여기 와 있는 동안만이라도 모임에 같이 나가보면 어떨까?"

나는 거기서 엄마 아빠가 체면 때문에 제대로 털어놓은 적 없는 이야기를 털어놓고, 그간 흘리지 못했던 눈물을 맘껏 흘릴 수 있기를 바랐다. 같은 고통을 겪은 이들에게 이해받고 지지받는 경험을 엄마 아빠도 경험하기를 바랐다. 아빠는 잠시 고민하는 듯했지만 정작 모임 참석 날이 다가오자 일이 생겼다며 자리를 피했다. 엄마도 마찬가지였다. 며칠 뒤, 부모님은 결국 모임에 참석하지 않고 고향으로 돌아갔다. 그리고 나는 가족모임을 마칠 때마다 낭독하던 '듣고 배우자'라는 구호의 의미를 납득했다.


'당신만이 할 수 있지만 당신 혼자서는 할 수 없습니다.'

도박중독문제관리센터의 한 홍보 팸플릿에 이런 캐치프레이즈가 쓰여 있다. 단도박은 도박하는 당사자만이 할 수 있지만, 결코 도박자 혼자서는 할 수 없다. 전문가, 가족, 자조모임 등 주위의 도움이 반드시 필요하다.

가족이 도박자의 회복을 돕고자 결심했다면 그들이 할 수 있는 최선은 도박중독이 어떤 병이며, 어떻게 도박중독자와 살아가야 하는지 듣고 배워 실천하는 것이다. 중독자가 돈을 요구할 때 어떻게 대처할지, 폭언, 폭력을 가해올 때 어떻게 맞서야 하는지, 귀중품과 재정을 어떻게 관리해야 하는지 구체적으로 알아야 하고 무엇보다 도박자로 인해 타격을 입은 나 자신의 삶을 회복해 나가야 한다.

'가족 치유의 어머니'로 불리는 미국의 심리학자이자 상담가 버지니아 사티어(Virginia Satir)는 가족을 천장에 매달아 놓는 장난감 모빌에 비유했다. 모빌의 어느 한 부분이 움직이면 전체가 움직이는 것처럼 가족은 상호 긴밀하게 연결되어 영향을 미친다. 가족이 올바른 태도로 도박문제에 대처한다면 중독자의 회복 가능성은 커진다. 그러나 배우지 않고 자신을 변화시키지도 않은 채 중독자가 저절로 회복되기를 기대한다면, 그럴 가능성은 제로에 가깝다. 오히려 무지로 인해 도박자의 도박 행위를 부추기거나 돕는 등 크고 작은 실수를 저지르기 쉽다. 지금 당장 중독자가 모임에 다니기를 거부하더라도 가족이 먼저 모임에 다니며 배워야 한다. 가족의 변화는 중독자가 치유를 받아들이는 밑거름이기 때문이다. 중독자에게 도움이 될 자원을 알아두면 그가 변화를 결심했을 때 바로 치유를 시작할 수 있다. 만약 중독자가 끝끝내 변화하지 않는다 해도 가족모임은 가족이 도박자와 분리하여 홀로 서는 데 커다란 도움이 된다.

"듣고 배우자."

"나도 살고 남도 살게 하자."

가족모임의 구호에는 수많은 중독자의 가족이 오랜 경험을 통해 얻은 지혜가 압축되어 있었다. 단순히 듣기 좋은 말이 아니라 나도 살고 남도 살리는 지식이며, 삶의 고비들을 헤쳐나가는 힘이었다. 가족모임을 알게 된 것이 축복이라던 여사님들 말씀의 의미를, 나는 그제서야 아주 조금 알 것 같았다.

## 재발, 그리고 거부

새벽 세 시쯤, 건조했던 탓인지 목이 말라 잠에서 깼다. 침대에서 몸을 일으켜 부엌에 물을 뜨러 가는데 현의 방문 밑으로 불빛이 새어 나왔다. 키보드를 두드리는 소리가 들리다 멈추었다. 문을 열어보니 현이 컴퓨터 앞에 앉아 있었다.

"안 자고 뭐해?"

"그냥 잠이 안 와서…."

현의 목소리에 긴장이 역력했다. 표정은 굳어 있었다.

"얼른 자."

나는 방문을 닫았다. 예감이 좋지 않았다.

다음 날 퇴근 후 집에 돌아온 현은 평소 즐겨보던 TV 프로그램이 시작되었는데도 거실로 나오지 않았다. 불 꺼진 방에서 핸드폰만 만졌다. 며칠 동안 그런 행동이 반복됐다. 다시 도박을 하는 걸까. 정황은 있지만 증거는 없었다. 캐묻지 않는 게 좋다고 했던 가족모임의 가르침을 떠올렸다. 물어보면 물어볼수록 도박자는 더욱 철저히 감추려들 뿐이다. 현의 안색이 하루하루 어두워졌다. 재발한 게 분명했다.

금요일 아침이 돌아왔다. 평소 같으면 씻고 모임에 갈 준비를 할 시간이었지만 현은 방에서 나올 기미가 없었다.

"안 씻어?"

"…."

현은 대답 없이 핸드폰만 만지작거렸다.

"슬슬 준비하고 가야지."

"피곤한데…. 오늘 몸 상태가 별로야."

"그래도 가야지."

그는 더 이상 말이 없었다. 내가 머리를 감고 말리고 나온 뒤에도 같은 자리에 같은 자세로 앉아있었다.

"얼른 씻어. 늦겠다."

"지금 준비하면 어차피 한참 늦어. 오늘은 그냥 안 갈래."

"안 가는 게 어디 있어. 늦더라도 가야지."

"아, 혼자 가면 되잖아!"

현이 버럭 화를 냈다.

"가기 싫다는데 왜 자꾸 난리야. 네가 하라면 뭐 내가 다 해야 돼? 네가 이러니까 더 가기 싫다고."

그는 악역을 맡은 배우처럼 얼굴을 사납게 구겼다. 그 순간 교본에서 읽었던 내용이 생각났다. 도박자가 분노를 표할 때 그것은 나를 향한 것이 아니라 스스로에 대한 실망감과 분노, 부끄러움을 드러낼 뿐이라고. 내가 이성을 잃고 분노로 되받아친다면, 그는 이를 면죄부 삼아 자신이 도박한 것과 내게 화낸 것을 정당화하고 모임에 가지 않을 핑계로 삼을 것이었다. 나는 떨리는 목소리를 잠재우며 그에게 말했다.

"지금 너는 나한테 화를 낼 이유도 없고 명분도 없어."

예전 같으면 화를 내거나 움츠러들었을 내가 단호한 태도로 맞서자 현의 눈빛이 흔들렸다. 나는 더 이상 그의 분노나 비난이 내 자존감에 상처를 입히거나 내 일상을 망치도록 두지 않을 것이었다. 현에게는 자신의 무기가 더 이상 힘을 쓰지 못한다는 걸 깨닫는 순간이었을 것이다.

"네가 재발한 거 알아. 요 며칠 네가 하는 행동에서 다 티가 나니까. 그래서 모임에 나가기 싫은 건 이해하지만, 재발했다고 널 비난할 사람은 거기 아무도 없어. 단도박이 쉽지 않다는 거 다 아는 사람들이니까. 나도 예상했던 일이고."

현이 고개를 떨구었다.

"넌 모임 다닌 지도 얼마 안 됐잖아. 이만큼 버틴 게 더 신기하다고 생각해."

예전이라면 재발한 사실이 드러났을 때 배신감과 좌절감, 또다시 겪게 될 힘든 과정을 생각하며 고통스러워했을 것이다. 그러나 다행히도 나는 가족모임을 통해 마음의 준비가 되어 있었다. 재발은 '일어날 수 있는 일'이며 '회복의 자연스러운 과정'이라는 것을 다른 분들의 경험에서 듣고 배웠기 때문이다.

재발은 위기가 아니라 기회다. 중독성 도박자가 더욱더 단도박 의지를 다지고 노력하는 기회. 도박자는 재발을 통해 이를 촉발시키는 위험 상황(도박할 때 어울렸던 친구와의 만남, 도박장 주변에 가는 것)과 요인(스트레스, 우울함, 여윳돈 등)을 발견하고 경각심을 가질 수 있다. 재발은 가족들에게도 기회다. 재정 관리에서 취약한 부분을 보완할 수 있고, 재발의 위험신호를 재빨리 알아차려 예방하거나 더 큰 피해를 막을 수 있다. 가족이 재발에 대해 이해하고 있으면 도박자가 치료나 모임을 거부하거나 공격적으로 행동할 때 함께 무너지지 않고 그가 다시 단도박의 궤도로 돌아가도록 이끌 수 있다.

나는 현을 설득했다.

"모임에 가는 건 정말 아프거나 피치 못할 사정이 있지 않은 이상 네가 해야 할 최소한의 노력이야. 그러니까 좀 늦더라도 가자. 너 씻고 나올 때까지 기다릴게."

현이 가만히 고개를 끄덕였다.

조금 늦긴 했지만, 그날도 우리는 모임에 갔다. 나는 가족모임으로, 현은 단도박 모임으로. 언제나 그랬듯 모임의 문은 활짝 열려 있었다. 재발을 한 사람도 단도박을 또 하루 잘 지켜낸 사람도. 얼마나 자주 재발을 하든 얼마나 오래 단도박을 유지했든, 오랜만에 모임에 나오든 자주 모임에 나오든, 누구도 회복의 여정에서 내치지 않았다.

그 다음 주도, 또 그 다음 주도, 현과 나는 모임에 나갔다.

**"**

자유는 자극과 반응 사이에서 멈추는 데 있다.

멈추는 곳에서 선택이 일어난다.

**"**

롤로 메이

# 5부

우리는 서로의 구원

## 되찾은 일상

"그 영화 개봉했다는데 보러 갈까?"

모임을 마치고 집에 돌아오는 길. 평소 관심 있던 배우며 감독에 대해 수다를 떨다가 현이 불쑥 영화를 보러 가자고 제안했다.

"좋아."

콜라와 팝콘을 사 들고 영화관으로 들어갔다. 기분 좋게 영화를 보고 나와 외식도 했다. 차를 타고 집에 돌아오는 길이 어디 멀리 드라이브라도 간 듯 좋았다. 아이스크림을 하나씩 손에 들고 집으로 돌아왔다.

서서히 현과 함께 하는 일상이 편안해졌다. 나의 일상도 되찾았다. 친구를 만나고 결혼식에도 갔다. 영화와 드라마를 다시 열심히 보았고, 책도 다시 사들이기 시작했다. 그러던 어느 날 현이 쇼핑을 하러 가자고 했다. 월급도 들어왔고, 계절이 바뀌었으니 옷을 사야겠다는 것이었다. 나는 현을 따라나섰다.

동네 지하상가에나 가겠지 싶었는데 현은 꽤 유명한 의류 브랜드 상점이 밀집해 있는 아울렛으로 향했다. 탈의실에서 옷을 입고 나온 현이 거울 앞에 서서 물었다.

"어때?"

"아까 파란 옷보다 잘 어울리네."

"그래? 이 옷이랑 카디건이랑 바지랑 세 벌 해야겠다."

내 손에는 이미 다른 브랜드의 로고가 찍힌 종이가방이 두어 개 들려 있었다. 현은 점원에게 카드를 내밀었다. 영수증에 꽤 큰 액수의 결제금액이 찍혀 돌아왔다. 나는 물끄러미 현과 영수증을 쳐다보았다.

'그동안 도박으로 날린 돈이 얼마인데 저렇게 아무렇지 않게 돈을 쓸까. 부모님은 마이너스 통장에 허덕이는데…'

가족모임 시간, 나는 쇼핑 다녀온 일에 대해 이야기했다.

"저는 병원비가 많이 나오면 아픈 것도 죄스럽고, 옷을 사거나 노는 데 돈이 나가면 죄책감이 들거든요. 집안 형편이 이렇게 기울었는데 보탬이 못 되는 게 자괴감도 들구요. 옷 사는 데 쓰는 돈이 채 선생 월급에서 나가는 건데도 자꾸만 그런 생각이 들었어요. '나는 돈 쓸 때 이렇게 스트레스를 받는데 얘는 어떻게 저럴 수 있지?' 차라리 같이 가질 말든가, 옷을 골라주면서 속으로는 그런 생각을 하는 게 뭐 하는 짓인가 싶기도 했어요."

나의 이야기를 듣고 한 여사님이 자신의 경험을 나눠주셨다.

"최근에 잔치한 기념으로 가족여행을 다녀왔어요. 도박문제로 힘들어 본 적 없는 사람들, 친척이나 부모님은 이해를 못 하죠. 아직 빚도 다 안 갚았는데 어떻게 놀러 다니냐고, 생각이 있는 사람들이냐고 손가락질할지도 몰라요. 하지만 모임을 다니는 분들은 이해하죠. 도박 빚을 한 번에 갚을 길은 없어요. 어쩌면 죽을 때까지 갚아야 할 수도 있고요. 그렇다면 오늘 내 행복을 위해서 돈을 좀 쓴다고 갚아야 할 빚과 갚아나갈 날수에 큰 차이가 생기느냐? 그렇지 않거든요."

여사님이 말을 이어갔다.

"또 한편으로는 그런 생각도 했어요. 그동안 그렇게

고생을 했는데, 오늘 하루 나를 위해서 돈 좀 쓰면 왜 안 돼? 좀 행복하면 어때서? 빚을 갚는 것, 그리고 도박 중독과 가족병에서 회복하는 과정은 평생이 걸려요. 그 긴 세월, 입고 싶은 것 못 입고, 먹고 싶은 것 안 먹고 팍팍하게 살면 견딜 수가 없죠. 어떤 날은 외식도 하고 취미 생활도 하고, 삶에 즐거움이 있어야 가족도 도박자도 지치지 않고 살아갈 수 있는 것 같아요."

여사님의 말씀을 듣고 깨달았다. 현실이 척박할수록 오늘 누릴 수 있는 작은 즐거움을 놓치지 않아야 나를 건강하게 지킬 수 있다는 것을.

어쩌면 나는 현에게, 그리고 나 자신에게 벌을 주고 싶었던 것 같다. 현의 도박문제는 내가 막을 수 없는 일이었음을 알면서도 나는 자꾸만 '만약에 내가 ~했더라면' 하는 생각으로 스스로를 괴롭혔다. 도박중독이 병이라는 것을 배우고서도 나는 현을 원망하고 싶었다. 하지만 내가 벌을 주지 않아도 현은 이미 자신이 한 행동의 결과를 받아들이며 살고 있고, 앞으로도 그럴 것이었다. 나는 나 자신뿐만 아니라 그 누구의 심판자도 될 수도 없다는 것을 기억하기로 했다.

며칠 후 현은 운동 동호회에 나가기 시작했다. 현의 얼굴에 생기가 돌았다. 동호회에서 이러저러한 일이 있었다고 들떠서 이야기도 해주었다.

'좋아 보인다.'

진심이었다. 도박의 쾌감에는 못 미치겠지만 대체할 활동을 찾아 재미를 느끼니 다행이란 생각도 들었다. 이제 나도 내 삶의 즐거움을 찾으러 나갈 시간이었다.

# 말, 말, 말

친구들은 내게 현에 대해 이러저러한 말들을 던졌다. 어떻게 하면 끊을 수 있을지, 무엇 때문에 도박에 빠지게 되었는지, 저마다 나름의 해석을 건넸다.

"내 주위 애들 보니까 집 한 채 날리면 정신 차리더라."

"나도 전에 해봤는데, 난 딱 끊어지던데."

"도박에 빠지게 된 게 혹시 그것 때문은 아니야?"

친구들의 말은 선의에서 비롯됐지만 때로 나는 말들의 홍수 속에서 아득해졌다. 그들은 중독이 무엇인지, 단도박이 무엇인지 몰랐다. 그들이 던진 말들은 이미 내가 아주 오래전 생각해본 적 있는 섣부른 짐작이거나 대책 없는 낙관이었다.

조절할 수 있고, 통제할 수 있으면 중독이 아니다. 현의 도박은 한두 해 해온 일이 아니었다. 통제력을 상실했고 도움이 필요하다는 것을 인정해야만 비로소 희망의 끈이 보이는 중증 도박중독자가 현이었다. 친구들이 말하듯 한동안 도박에 '빠졌다가' 헤어나올 수 있었다면 애초 도박을 하게 된 동기가 다른 것으로 해소되거나 몰입할 거리가 대체된 경우였다. 중독이라면 지금 잠시 멈추고 있더라도 인생의 고비가 오면 재발하게 되어있다.

모르기 때문에 건네는 말들은 견딜 만했다. 그러나 누군가 현이 도박중독자가 된 원인에 대해 말할 때 내 마음은 급속도로 차가워졌다. 누구보다 현과 가장 가까이서 가장 오랫동안 함께 해온 나조차도 그가 도박중독자가 된 원인을 규정하지 않는데 사람들은 자꾸만 자신의 해석을 들이밀었다. 대체로 그 해석은 가장 약하고 만만한 사람을 원인 제공자로 지목했다. 신에게 죄를 지어 처벌받는 것 아니냐는 속뜻을 내포한 말을 들을 때면 참담하기 이를 데 없었다. 사람을 살리기는커녕 죽이는 데 더 유용한 것이 종교가 아닌가 냉소하게 될 뿐이었다.

어떤 해석이 어느 정도 근거가 있고 또 어느 정도 사실이라 해도, 그것은 여전히 그의 해석에 불과하며, 당사자에게 그것이 진실이니 받아들이라고 강요할 권리는 없다. 왜 우리는 자기 자신조차 완전히 이해하지 못하면서 미지의 존재인 타인을 섣불리 규정하려 들까. 이해할 수 없는 것은 미지의 것으로 남겨두어야 한다. 불완전한 우리 인간 존재가 반드시 가져야 할 미덕이 있다면 그것은 '겸손'이 아닐까. 친구와 헤어지고 돌아오는 버스 안에서 나는 골똘히 생각했다.

# 기적이 있다면

가족모임에 새로운 사람이 찾아왔다. 내가 모임에 다니기 시작한 지 반년쯤 지난 어느 날이었다. 나는 낯선 사람들 앞에 어색하게 앉아있는 그에게 말을 걸었다.

"주스도 있고 차도 있는데 어떤 걸로 드시겠어요?"

"아, 감사합니다. 녹차로 마실게요."

티백을 꺼내 컵에 걸쳐놓고 전기 포트에 물을 끓였다. 물이 끓는 동안 다른 여사님들이 말을 건넸다. 그가 어떤 상황에 처해 있는지 묻고, 우리가 서로를 부르는 호칭과 모임에 대해 설명해주었다. 물이 끓자 전기 포트가 꺼졌다. 나는 새로 오신 여사님 앞에 녹차가 담긴 컵을 놓아드렸다. 여사님은 남편의 도박문제로 혼자 모임을 찾아왔다고 했다. 얼굴에는 깊은 그늘이 드리워져 있었다. 모임이 시작되었다. 나는 책을 펼쳐 새로 온 여사님 앞에 놓아주었다. 한 사람씩 돌아가며 한 주 간 있었던 일과 교본에서 느낀 점을 나누었다. 새로 온 여사님의 차례가 왔다. 그는 가라앉은 목소리로 자신의 상황을 설명하다가 곧 감정이 복받쳐 눈물을 흘렸다. 나는 얼른 티슈를 꺼내 그의 앞에 놓아주었다. 닦아도 닦아도 그의 눈에서 하염없이 눈물이 흘렀다. 다른 여사님들 몇이 눈물을 훔쳤다. 나도 덩달아 눈물이 났다. 그의 모습에 처음 모임에 나왔던 그 날의 내가 겹쳐 보였다. 눈물만 나고, 절망적이고, 세상이 싫었던 그때. 죽고 싶고, 죽이고 싶고, 그것 밖에는 도저히 탈출구가 없는 것 같아 미쳐버릴 것 같았던 그때의 내 얼굴이. 그가 힘겹게 이어가는 한 마디 한 마디에 가슴이 찌르는 듯이 아파왔다.

한편으로는 나 자신에게 놀랐다. 반년 전의 내 모습과 지금의 나는 비교할 수 없이 달라져 있었다. 내게는 이제 현의 도박문제로 인해 불쑥 절망감이 몰려오더라도 그것이 나를 삼키지 못하도록 끊어낼 힘이 있었다. 부모님의 건강 문제 등 내가 어쩔 수 없는 것을 받아들이는 평온함과, 바꿀 수 있는 것을 바꾸는 용기가 있었다. 못난 내 모습에 자괴감이 들 때 괜찮다고, 그게 나라는 존재 전체를 무가치하게 만들지 않는다고, 조금씩 나아질 거라고 나 자신을 너그럽고 다정하게 대할 수 있었다. 무서울 땐 솔직하게 무섭다고 인정하면서도 어떻게든 헤쳐나갈 수 있을 거라는 희망이 있었다. 이제 내 일기장에는 전에 쓰인 적 없는 단어들이 쓰였다. 단단함, 성장, 용기, 희망, 지혜 같은. 나 혼자였다면 결코 없었을 변화였다. 기적이 있다면 이런 것이 아닐까.

그의 말이 끝나고 나의 차례가 돌아왔다. 조심스레 나의 이야기를 시작했다.

"여사님을 보면서 처음 모임에 나왔던 날이 생각났어요…."

나의 위로가 그에게 닿기를. 그가 모임의 끈을 붙잡을 수 있기를. 내가 모임을 통해 가족병에서 회복되었듯이 그도 회복되기를, 나는 진심으로 바랐다.

# 소문

"지연이 소식 들었어?"

오랜만에 만난 고향 친구의 입에서 한동안 잊고 있던 이름이 나왔다. 지연. 중학교에 이어 고등학교까지 같은 학교를 다녔고 함께 졸업했지만, 썩 친하게 지낸 친구는 아니었다.

"무슨 소식?"

"애들 여럿한테 돈 빌리고 다니다가 사라졌대. 나한 텐 안 빌렸는데 은진이랑 주원이한테서 빌린 액수가 꽤 큰가 봐. 여러 번 그랬다는데 나중에는 사채업자가 애들 한테 전화해서 지연이 어디 있냐고 찾고 그랬대."

고향 사람들은 대부분 학교 동창이거나 선후배 사이 로 엮여 있었다. 아이들은 고향 토박이로 자라 고등학 교를 졸업하면 전국 각지의 대학교로 흩어졌다. 혹은 떠 나지 않고 고향에서 일자리를 찾기도 했다. 성인이 된 그들이 무엇을 하며 어떻게 사는지는 또래 친구들 입에 단골로 오르는 주제였고, 내게도 지연의 소식이 당도한 것이었다.

"무슨 안 좋은 일이 생겼나 보다…."

나는 말을 고르느라 잠시 대답을 망설였다. 지연의 소식에서 현이 떠올랐다. 현에 대한 이야기도 이렇게 고향 사람들의 입에 오르내리겠지.

"지연네 부모님은 아직 고향에서 사셔?"

"응. 동네에 큰 슈퍼마켓 생겼잖아. 지연네 엄마랑 주원네 엄마랑 거기서 같이 일했었어."

"그렇구나."

딱히 궁금한 적 없던 이의 소식에 무슨 말을 더 해야 할지 알 수 없었다. 벌써 수개월 전의 일이라고 했다. 함께 있는 내내 친구의 입에서 현의 이름은 나오지 않았다. 하지만 어쩐지 지연의 소식을 전하면서 나의 안색을 살피는 눈치였다. 과민반응일까? 그러나 친구의 얼굴은 내가 전에 본 적 있는, 그러나 도통 익숙해지지 않는 표정을 하고 있었다. 감추려 하나 흥분과 궁금함이 어쩔 수 없이 드러나는 그런 표정. 때로 그 표정은 얼굴을 보지 않고도 짐작할 수 있었다. 내 생일에 수년 만에 전화를 걸어온 한 친구의 표정을 내가 상상할 수 있었던 것처럼. 그는 내게 생일 축하한다는 말을 건네자마자 질문을 던졌다.

"현이, 노름에 빠져서 정신 못 차린다던데 요즘은 괜찮냐?"

다 알고 있으니 부인할 생각은 말라는 듯 단정적인 질문이었다. 천진해서 무례할 수 있었는지 영악하게 무례했던 것인지 알 수 없으나 내게서 소문을 확인하고 싶어 하는 것은 분명했다. 맞다고 인정해야 할까, 아니라고 부인해야 할까. 당사자에게 물어보라고 해야 할까, 무례하다고 화를 내야 할까. 노련하게 받아치는 요령 같은 건 내게 없었다. 그의 마음이 너무 투명하게 보여 당황한 나머지, 나는 다만 '요즘은 괜찮다'고 말해버렸다. 너도 스포츠 토토니 로또니 하는 것들 조심하고 착실히 잘 살라고. 그날 밤, 스트레스에 잠이 달아났다.

우리말엔 '소리소문없이'라는 관용구가 있다. 틀렸다. 소문에는 소리가 있다. 별로 좋지 않은 소문일 때 그 소문은 '수군수군' 또는 '쑤군쑤군' 하는 소리를 낸다. '발 없는 소문'이라는 말도 틀렸다. 세상에 품이 들지 않고 이뤄지는 일은 없다. 사람들은 소문을 전하려고 발걸음을 옮겨 친구의 집으로, 카페로, 교회로, 절로 간다. 핸드폰을 들어 손가락으로 누군가의 전화번호를 입력하고 통화 버튼을 누른다. 몇 다리만 건너면 친척이거나 먼 사돈지간이고, 그도 아니라면 한 교회나 성당, 절에 다니며 친분을 다져온 고향 사람들 사이에서 소문이 퍼지는 건 삽시간이었다. 좋지 않은 소문은 좋은 소문보다 더 잘 퍼져나가곤 했다. 그것이 어디까지 사실이고 거짓이든 상관없이.

고향 친구 앞에서 나는 입이 점점 무거워졌다. 누구에게, 어디까지, 어떻게 현과 나에 대한 이야기를 말할 것인지는 언제나 내게 가장 풀기 어려운 숙제였다. 그러나 소문은 내가 어쩔 수 없는 일이었다. 상황을 다 알고 있으면서도 배려하기 위해 노력하는 친구들이 내 곁에 있음을 나는 알고 있었다. 〈실격당한 자들을 위한 변론〉(김원영 저)에는 '존엄을 구성하는 퍼포먼스'라는 말이 나온다. 상대방을 존중하고 그에 화답하는 상호작용. 진실을 너도나도 공유하면서도 서로를 존엄한 존재로 대우하고 배려하기 위해 연기하는 것. 그리고 서로가 연기한다는 것을 아는 상태. 그때 인간의 존엄성이 가장 극명하게 빛난다고 김원영은 썼다.

　소문이 퍼져나가는 것은 막을 수 없다. 소문에 상처 받지 않고 살 수도 없다. 때로 건강하게 나를 지키려면 코미디언 김숙처럼 노련하게 '상처 주네?' 하고 받아칠 줄도 알아야겠지. 그러나 이번에 나는 그러지 못했다. 하지만 나의 반응이 오히려 나쁘지 않았단 생각도 들었다. 어찌할 수 없는 일에 속상해하기보다는 나를 배려해 주는 사람들을 기억하기로 했다. 그 사람들에게 더 고마워하기로 했다. 지난 밤은 설쳤어도 오늘 밤은 편안할 것이었다.

# 한밤의 치킨

아빠가 시골에서 올라오셨다. 퇴근해 집에 돌아오니 아빠가 소파에 누워 주무시다가 눈을 부비며 일어났다. 밤 10시가 훌쩍 넘었는데 아직 저녁식사를 안 드셨다고 했다.

"치킨 시켜 먹자."

아빠는 그렇게 말하면서 현도 밥을 안 먹었다고 덧붙였다. 양이 많은 메뉴를 고르라고도 했다. 나는 현의 방쪽을 쳐다보았다. 닫힌 현의 방문 틈으로 시끌시끌한 소리가 새어 나왔다. 휴대폰으로 예능 프로그램을 보는 듯했다. 40여 분 지났을까. 배달원이 치킨 두 마리를 들고 문을 두드렸다.

"현이 불러라."

배달원에게 치킨값을 계산하고, 테이블에 음식을 놓고, 현의 방 앞을 지나며 소리쳤다.

"나와. 치킨 먹어."

한밤의 야식. 그동안 한 번도 본 적 없어 내용 파악이 안 되는 드라마를 TV에 틀어놓고 아빠와 현, 나, 셋이 치킨을 먹었다. 아빠와 내가 이러니저러니 말을 주고받는 동안 현은 TV를 쳐다보며 묵묵히 치킨을 먹었다. 이내 먹기를 마친 현은 빈 그릇을 들고 먼저 자리를 떴다. 싱크대에 빈 그릇을 놓는 소리가 들리더니 곧 방문 닫히는 소리가 들렸다. 아빠는 TV를 보다가 힐끗 닫힌 현의 방문을 바라보았다. 나는 알고 있었다. 내가 올 때까지 아빠가 저녁식사를 않고 기다린 이유. 아빠가 굳이 그 밤에 치킨을 주문하라고 내게 말한 마음을. 이렇게 해서라도 현의 얼굴을 보고 싶고, 잠시라도 현과 함께 시간을 보내고 싶은 아빠의 마음이, 내게는 이렇게나 투명하게 보이는데 현은 아마 모를 것이었다.

나는 가끔 그 마음에 고춧가루를 뿌리고 싶었다. 차마 미워하지 못하고 애틋해 하는 아빠의 여린 마음을 알아차릴 때면 안타깝고, 바보 같고, 가끔 화가 났다. 근데 어쩌겠어. 아빠의 마음은 내가 어쩔 수 없는 것이었다. 사랑을 포기하지 못해 아픈 마음도, 미워해서 힘든 마음도, 그 마음을 가진 사람이 감당할 몫이었다. 나는 또다시 깊은 구덩이로 빨려 들어가려는 마음의 실 가

닥을 붙잡고 당겼다. 영화 <메기>의 주인공 윤영이 받은
쪽지에는 이렇게 적혀 있다.

"우리가 구덩이에 빠졌을 때, 우리가 해야 할 일은 더 구덩이를
파는 것이 아니라 그곳에서 얼른 빠져 나오는 일이다."

살다 보면 갑자기 함정처럼 옴폭 패인 싱크홀, 구덩이
와 맞닥뜨리게 된다. 중독자와 함께 살다 보면 그 길에
의심의 구덩이, 불안의 구덩이, 미움의 구덩이, 절망의
구덩이, 죄책감의 구덩이 등등이 나타난다. 그럴 때 우
리가 해야 할 일은 구덩이를 더 깊이 파는 게 아니라 그
곳에서 얼른 빠져나오는 일이다.

'내 힘'으로, '내가' 하려고 하면 지뢰밭을 걷는 거나
마찬가지다. 그러나 중독이 정신질환이란 걸 알고, 내가
'어찌할 수 없는' 것임을 받아들이면 중독자를 구출하
는 건 더 이상 '내'가 해야 하는 일이 아님을 깨닫게 된
다. 얼른 구덩이에서 빠져나와 '내 삶'을 사는 게 중요
하다. 나는 후식으로 수박을 먹으며 생각했다. 깊이 생
각하지 말아야지. 흘려보내야지. 맛난 저녁식사였다. 그
거면 됐다.

# 야유회

ㄱ 여사님네 텃밭이 있는 주말농장에서 야유회가 열렸다. 텃밭 옆 바비큐장에 다 함께 둘러앉아 한창 즐겁게 고기를 구워 먹고 있는데 단도박 모임의 대표인 선생님께서 미소를 띠며 내게 말했다.

"채 여사님, 다음 달에 100일 잔치니까 소감문 준비하셔요."

"100일 잔치요?!"

현이 도박을 하지 않은 지 100일이 되어간다는 뜻이었다. 고개를 돌려 현을 보았다. 현은 술기운이 올라 살짝 붉어진 얼굴로 다른 선생님들과 기분 좋게 담소를 나누고 있었다.

'정말? 정말로?'

얼떨떨했다. 나도 잔치를 하는 날이 올까 막연히 부러워만 했는데 그날이 코앞으로 다가오다니. 나도 모르게 입꼬리가 올라갔다. 하지만 잔치하는 날까지 현이 단도박 상태를 잘 지킬 수 있을까. 그사이 재발하면 어쩌지? 잔치가 취소되는 건가? 복잡한 감정과 생각이 마음을 스쳐 지나갔다.

"잔치를 하려면 뭘 어떻게 준비해야 해요?"

연차가 오래된 여사님이 다정하게 말을 받았다.

"잔치 소감문 준비해오시고, 사람 수 예상해서 답례 떡 주문하면 돼요. 서른 개 정도면 넉넉할 거예요. 나머지는 다른 분들이 알아서 준비해주실 거고요."

'떡이라…. 무슨 떡으로 하지?'

ㅅ 여사님이 고기를 한 점 집어먹고는 말했다.

"언젠가 다른 모임 자리에 갔었는데, 그 모임 사람들은 우리 모임이 어떤 모임인지 모르잖아요. 제가 잔치가 있어서 이만 가봐야겠다고 말하니까 어느 분이 그래요. '그 모임에는 젊은 부부가 많은가 봐? 돌잔치를 자주 하네!'"

한바탕 웃음이 터졌다. 잔치라는 표현은 이제 돌잔치나 칠순 잔치에나 쓰니 오해할 만도 했다. 나는 잔치라는 표현이 마음에 들었다. 똑같은 뜻인데도 왠지 파티는 가벼운 느낌이 들고 잔치는 온 동네 사람들이 다 함께 모여 축제를 벌이는 느낌이라서. ㄱ 여사님이 목소리를 높였다.

"여사님들, 선생님들. 텃밭에서 상추랑 무랑 필요하신 만큼 맘껏 가져가세요."

기분 좋은 소란이 벌어졌다. 모두 신이 나 텃밭으로 향했다. 나는 현에게 손짓했다.

"우리도 가자!"

텃밭에 가까워질수록 흙과 풀냄새가 진하게 올라왔다. 잘 자란 제철 작물이 작은 텃밭을 알차게 채우고 있었다. 꼬맹이들이 팔을 앞뒤로 힘차게 흔들며 고랑을 따라 뛰어갔다. 현과 나는 퍼런 이파리를 그러잡고 무를 흔들어 뽑았다. 알이 꽉 찬 순무였다. 잔뿌리의 흙을 탈탈 털어내고 상추도 한 움큼 뜯었다. 양손에 무를 들고 텃밭을 걸어 나오는 현의 모습이 퍽 우스워 연신 사진을 찍었다. 핸드폰 카메라에 찍힌 현도, 카메라를 들이대는 나도 환하게 웃고 있었다.

# 100일 잔치

100일 잔칫날이 일주일 앞으로 다가왔다. 떡집에 전화를 걸어 떡을 주문하면서 비로소 실감이 났다. 정말하는구나, 잔치. 들뜬 목소리로 집에 전화를 걸었다. 부모님은 잔치 소식을 듣고 얼떨떨한 모양이었다.

"그래? 아이고. 수고했네."

"100일 다음에는 1주년 잔치하고, 2주년, 3주년 쭉 단도박 해서 십몇 주년 잔치하시는 분도 있고 그렇더라고."

"아, 그래…?"

어떻게 반응해야 할지 모르는 부모님의 마음이 이해가 갔다. 십수 년의 세월을 모임과 함께 한다는 게 상상이 안 될 것이었다. 내가 그랬던 것처럼. 전화를 끊고 노트북을 켰다. 소감문을 쓸 시간이었다. 커서가 한참을 제자리에서 깜빡였다. 100일 잔치를 준비하라고 ㅂ 선생님께 전해 들었던 순간을 회상하는 것으로 글을 써나

가기 시작했다. 힘들었던 지난날을 떠올리니 다시 가슴이 저릿했다. 눈물이 흘러 몇 번을 쓰다 멈추길 반복했다. 문득 궁금했다. 현은 뭐라고 소감문을 썼을까. 어떤 마음으로 100일을 맞을까.

드디어 우리의 100일 잔칫날이 왔다. 단도박 모임과 단도박 가족모임의 협심자 모두가 한자리에 모였다. 다른 지역이나 다른 요일 모임에 다니는 분들도 잔치 소식을 듣고 멀리서 와 주셨다. 현과 나는 앞으로 나가 사람들을 마주 보고 나란히 앉았다.

"지금부터 채 선생님과 채 여사님의 단도박 100일 축하 잔치를 시작하겠습니다."

단도박 모임 대표인 선생님의 사회로 잔치가 시작되었다. 여사님과 선생님이 자리에서 나와 꽃다발과 기념품을 품에 안겨주었다. 사회자가 촛불에 불을 붙이자 사람들이 손뼉을 치며 노래를 불렀다.

"햇볕처럼 찬란히, 샘물처럼 드맑게…."

처음 해보는 잔치, 처음 듣는 노래에, 현과 내가 나란히 앉아 축하를 받는 일도 처음이라 모든 것이 생경하고 쑥스러웠다. 이제 소감문을 읽을 차례였다.

"저번 달, 야유회 중에 예상도 기대도 하지 못했던 말을 들었습니다. 100일 잔치를 하게 된다는 것이었습니다."

나는 준비한 소감문을 낭독했다. 현이 스포츠 토토로 돈을 땄다고 장난스레 말했던 오래전 어느 날과 서서히 나타난 수상한 조짐들, 대부업체 독촉장과 감당할 수 없을 만큼 쌓인 빚, 그 이후 절망의 나락으로 떨어진 엄마, 아빠, 그리고 나…. 차분하게 잘 읽어나가다가 목이 멨다.

"부모님께는 오빠를 변호하고, 오빠에겐 부모님을 변호해야 했습니다. 짐을 스스로 떠맡고 발버둥 치는 동안, 부모님과 오빠 사이에서 저는 참 외로웠고, 점점 무기력해져 갔습니다."

조용히 경청하던 여사님 몇 분이 눈물을 훔쳤다. 힘들었던 날을 회상하는 대목을 지나 가족모임을 만난 날과 그날을 기점으로 달라진 모습에 대해 이야기했다.

"수년, 수십 년 단도박 생활을 유지해온 선생님들의 이야기를 들으며 새로운 삶에 대한 기대를 품게 되었습니다. 도박을 그만두게 하려고 모임에 나왔는데 저의 가족병을 고치고, 다시 살아갈 힘을 얻었습니다."

나는 현에게 고마움을 전하며 말을 마쳤다.

"모든 선생님과 여사님께 감사드립니다. 여러분이 없었다면 오늘은 없었을 겁니다. 마지막으로 100일의 시간을 견뎌준 저의 오빠에게 정말 고맙고 잘했다고 말해주고 싶습니다. 감사합니다."

현은 나의 이야기를 어떻게 들었을까. 나와 부모님의 마음을 조금이라도 이해하게 되었을까. 이제 현의 차례였다. 그는 처음 도박에 발을 들였던 오래전 그날에서부터 이야기를 시작했다.

"처음에는 그저 재미라고 생각했습니다. 좋아하는 스포츠를 보며 도박도 같이하는 게 별문제라 생각지 않았습니다. 남에게 손을 벌리지도 않았으니까요."

나는 처음으로 현의 솔직한 고백을 들을 수 있었다.

"도박을 하기 위해 아르바이트를 시작했고 일상생활에 큰 문제도 없었습니다. 하지만 군 제대를 앞둔 어느 날부터 도박을 멈출 수가 없었고, 큰 금액에 손을 대고 말았습니다."

첫 대출이 어떻게 시작되었는지도 알게 되었다.

"월세 보증금을 도박에 사용하게 되었고, 물론 모두 잃고 말았습니다. 집에는 말하지 못하고 집주인에게 양해를 구한 뒤 대출을 받게 되었습니다."

갚아도 갚아도 줄지 않고 늘어만 갔던 빚, 그와 동시에 시작된 거짓말, 중단된 학업, 가족들을 볼 면목이 없어 집을 나와 시작된 2년여의 떠돌이 생활…. 수년에 걸쳐 처참하게 무너진 그의 삶이 한 문장 한 문장에 압축되어 있었다.

"몸도 마음도 망가지고 지칠 대로 지친 제가 기댈 곳은 가족뿐이었습니다."

그는 내 손에 이끌려 억지로 나온 단도박 모임이 이제는 일상이 되었다고 말했다. 비참하고 지루하던 일상이었지만 이제는 즐거움을 하나씩 찾아가고 있다고도 했다.

"아직 행복하다는 느낌이 정확히 어땠었는지 기억이 나진 않습니다. 그래도 전보다 웃음이 늘었고 가족과 대화도 편해졌습니다. 지금은 이걸로 만족할 수 있을 것 같습니다."

행복하다는 게 어떤 느낌인지 기억나지 않는다는 현의 말에 가슴이 아팠다. 중독은 그에게서 일상의 소소한 감각들을 앗아갔고 도박의 쾌감이 아니면 행복감을 느끼지 못하게 만들었다. 떠돌이 생활을 마치고 돌아와 내

내 무표정했던 현의 얼굴이 떠올랐다. 그때 그는 웃는 게 죄스러웠다고 했다. 그러나 이제는 그도 나도 웃을 수 있었다. 현은 앞으로 남은 날들이 불행하지는 않을 것 같다고 말했다. 그는 가족에게 미안함과 고마움을 전하며 소감문 발표를 마쳤다.

"옆에서 기다려주고 붙잡아줘서 지금 이 자리에 설 수 있었습니다. 정말 감사하게 생각하고 지금처럼 계속 같이 웃을 수 있었으면 좋겠습니다."

소감문 발표가 끝나자 잔치에 참석해준 분들이 한 사람 한 사람 일어나 축사를 해주었다.

"잔치 진심으로 축하드립니다. 여사님 소감문 들으며 눈물이 나서 혼났습니다. 힘들었던 지난 시간을 솔직하게 들려주신 용기에 박수를 보내고 싶어요."

"처음 모임에 나와 정착하기까지 쉽지 않은데 꾸준히 모임에 나오시면서 빠르게 회복해가고 오늘 잔치까지 치르는 두 분을 보니 참 기쁩니다. 앞으로 항상 행복하고 평온한 날들만 있으시길 응원하겠습니다."

"인간은 망각의 동물이라고 하더군요. 모임에 다니며 단도박 생활에 접어든 지 한참이 되니 모임에 다니기 전 폐인처럼 살았던 시절을 자꾸 잊게 됩니다. 너무 수치스럽고 고통스러운 기억이라 망각해버리고 싶은 건지도 모르겠습니다. 지난날로 돌아가지 않으려면 모임만이 살길이란 것을 다시 한번 느낍니다."

"100일 잔치를 하고 1주년 잔치까지 단도박을 유지하는 게 참 어렵습니다. 채 선생님, 도박으로 많은 것을 잃으셨겠지만 모임을 통해서 더 많은 것을 얻으실 수 있을 겁니다. 지금의 초심 잃지 마시고 1주년 잔치까지 힘내십시오."

축사를 들으며 잔치가 우리를 위한 것일 뿐만 아니라 참석자 모두를 위한 것임을 깨달았다. 잔치는 초심을 되새기고, 함께 기쁨을 나누는 자리였다. 희망을 보여주고 붙잡는 자리였다. 잔치를 치르는 것이 곧 모임에 대한 봉사라는 어느 선생님의 말씀이 이해됐다. 마음 깊은 곳에서 기도가 흘러나왔다.

"오늘이 있게 해주셔서 감사합니다. 누군가에게 힘이 될 수 있어서 감사합니다. 이 모임을 만나게 해주셔서, 진심으로 감사합니다."

# 가을 연수

1.

"가을 연수 가실 분들은 손을 들어주세요. 하나, 둘, 셋…."

사람들이 하나둘 손을 들었다. 사회를 맡은 여사님이 수를 셌다. 모임에서는 일 년에 두 번, 봄과 가을에 1박 2일로 연수를 간다고 했다.

"연수 가면 뭘 해요?"

내가 물었다.

"해마다 조금씩 다른데 보통은 도박중독치료 전문가를 모셔서 특강 듣고요, 경험담 발표도 듣고, 다른 지역 모임 분들하고 골고루 섞여서 이야기 나누는 시간도 있어요. 밤에는 야식 먹으면서 놀고요."

다른 여사님이 말을 받았다.

"요즘은 다들 사는 게 팍팍하다 보니 어디 놀러 갈 엄두를 못 내잖아요. 그런데 우린 연수 덕분에 일 년에 적어도 두 번은 산 좋고 물 좋은 곳으로 놀러 가니 얼마나 좋아요?"

여사님들이 웃음을 터뜨렸다. 한 여사님이 다정하게 말을 보탰다.

"꼭 가야 하는 건 아니지만 모임 나온 지 얼마 안 된 분들에겐 연수가 큰 도움이 돼요. 우리가 연수에 대해 설명할 때 늘 하는 말이 있어요. '모임이 평상시 복용하는 약이라면 연수는 보약'이라고요."

연수가 열리는 곳은 집에서 차로 약 3시간 거리였다. 선뜻 손을 들지 못했지만 얼마 전 야유회에서의 즐거운 기억이 자꾸만 마음을 부추겼다. 궁금하고 가고 싶었다. 여사님들과 함께 즐거운 시간을 보내고 싶었다. 하지만 현이 가려고 할까?

"연수 갈 거야?"

먼저 물어온 것은 현이었다.

"너는?"

"난 너 안 가면 혼자라도 가려고 했지."

뜻밖이었다. 현이 자발적으로 가고 싶어 하다니!

"나도 갈래!"

현의 마음이 바뀌지 않길 바라며 얼른 등록비를 입금

했다. 짐은 옷가지와 화장품 몇 개. 부푼 마음으로 연수 가는 날 아침이 오기를 기다렸다.

2.

아침 일찍 일어나 차에 짐을 싣고 고속도로로 향했 다. 미세먼지로 눈살을 찌푸리던 평소와 달리 늦가을 날 씨가 모처럼 청명했다. 현이 저장해 둔 음악 재생목록이 카 오디오를 통해 흘러나왔다. 노래를 흥얼대는 걸 보니 현의 기분이 좋아 보였다. 가는 길에 분식집에 들러 김 밥과 삶은 달걀 등 간식거리를 챙겼다. 나는 조수석에 앉아 내비게이션을 체크하고 이따금 현의 입으로 간식 을 넣어주거나 음료수 뚜껑을 따 주며 함께 노래를 흥 얼거렸다. 소풍 가는 어린아이처럼 마음이 설렜다. 고속 도로를 달려 한적한 시골길로 접어들었다.

"우와!"

현과 나의 입에서 동시에 탄성이 터져 나왔다. 단풍으 로 채색된 울창한 숲이 시야 가득히 펼쳐져 있었다. 운 전대를 잡은 현이 속도를 줄였다. 나는 차창을 내리고 연신 카메라 버튼을 눌렀다. 선물 같은 풍경이었다. 얼 마 안 가 리조트 이름이 적힌 표지판이 보였다. 좁은 길을 십 여분 달려 산기슭에 다다르자 안내봉을 든 봉사자들이 나타났다. 드디어 도착이었다.

숙소에 짐을 풀고 행사가 열리는 강당으로 걸음을 옮겼다. 전국에서 온 협심자와 그 가족들이 자리를 하나둘 채웠다. 강당 벽에는 1박 2일간의 연수 일정이 적힌 벽보가 걸려있었다. 나는 우리 지역 모임 분들과 함께 강당 중간쯤에 자리를 잡고 앉았다.

두 명의 사회자가 능숙하고 활기찬 진행으로 개회를 알렸다. 정해진 스케줄 대로 행사 프로그램과 휴식이 번갈아 가며 진행되었다. 단도박 모임과 가족모임 두 개만 있는 줄 알았던 나는 모임 소개 시간을 통해 각기 다른 필요와 공통점에 맞춘 여러 모임이 있다는 것을 알게 되었다. 도박문제에서 벗어나고자 하는 열망을 가진 이들이 있는 곳이라면 그곳이 교도소든 정신병원이든 자조모임이 함께 했다. 10대인 중독자 자녀들을 위한 모임도 있었다. 어린 시절부터 도박으로 인한 부모의 불화를 보고 자라며 정서적 어려움을 경험한 중독자 자녀들이 마음을 털어놓을 수 있는 모임이다. 전문가도 권위자도 없이 자발적으로 모인 공동체. 먼저 회복의 길을 걸어간 사람이 도움이 필요한 이들을 당겨주고 끌어주며 함께 가는 공동체. 자조모임의 존재가 귀하다는 생각이 들었다.


3.

저녁 식사를 마치고 다시 강당으로 모였다. 부산가톨릭대 교수이자 국제중독전문가인 홍성민 토마스 아퀴나스 신부님이 특강을 위해 단상에 올랐다. 그는 매끄러운 언변으로 도박중독의 정의와 증상에 관해 설명한 뒤 자신이 중독 문제에 관심을 가지게 된 계기에 대해서 들려주었다.

"미국 뉴욕주에는 데이탑(DAYTOP)이라는 약물과 알코올중독 환자들을 위한 치료공동체가 있습니다. 저는 거기서 여름방학 3개월 동안 지내면서 인턴십 프로그램을 하게 되었습니다."

그곳에는 '직면하기(confrontation)'라는 규칙이 있다고 한다. 규칙의 내용은 복도를 지나가다 마주치면 서로를 직면시키는 직설적인 질문을 던지는 것이다.

'너의 삶에서 가장 숨기고 싶은 일은 뭐야?'

'너 저번에 아버지랑 화해하고 싶다고 말했었는데 화

해했니?'

홍 신부님은 개인에게 아픈 상처이고 드러내고 싶지 않은 일에 대해 왜 굳이 질문하게 하는지 이해할 수 없었다고 했다. 그러나 공동체의 규칙에서 그 혼자만 예외일 수는 없었다. 규칙을 수행할 때마다 대충 얼버무리고 말던 그는 어느 날 한 중독자에게 말했다.

"있잖아. 나는 중독자가 아니야. 너희들이 어떻게 생활하는지 보고 배우러 온 학생이야. 그러니까 그 질문은 그냥 너희들끼리 하면 좋겠어."

그러자 그 중독자가 말했다.

"알아. 네가 중독자가 아니라는 건 여기 있는 사람들 다 알고 있어. 너한테 술이나 약물 문제는 없겠지. 하지만 그게 네게 아무런 문제가 없다는 뜻은 아니잖아. 세상에 문제가 없는 사람은 아무도 없어."

강당이 숨소리 하나 없이 고요했다.

"여기 있는 모든 사람은 자기에게 문제가 있다고 인정한 사람들이야. 그리고 그 문제에서 벗어나기 위해 매일매일 노력하는 사람들이지. 우리는 매일 타인에게 문제를 고백하고 직면하는 연습을 해. 그런데 왜 너는 네게 아무 문제가 없다고 생각하고, 문제를 해결하려는 노력도 하지 않는 거니?"

나는 숨죽인 채 다음 말을 기다렸다.

"저는 그 말을 듣고 너무 부끄러웠습니다. 그곳에서 오직 저만이, 자신의 변화를 위해 어떠한 노력도 하지 않는 사람이었기 때문입니다."

홍 신부님은 잠시 말을 멈추고 청중을 바라보았다.

"중독 문제가 없는 이들은 내 삶에 별문제가 없다고 생각합니다. 그래서 어제와 똑같은 하루를 오늘도 살아갑니다. 삶의 변화를 꿈꾸지만 무엇을 어떻게 바꿔야 할지 방법도 모르고 의지도 없는 사람이 대부분입니다. 하지만 중독자는 자신의 문제를 직면하고 문제를 벗어나려고 노력하는 그 순간부터 자신을 가리켜 회복자라고 부릅니다. 자신의 삶이 회복 중이라고 말합니다. 이 세상에 내 삶이 회복 중이라고 말할 수 있는 사람은 과연 얼마나 있을까요?"

정곡을 찔린 느낌이었다. 나는 내가 가진 문제에 정직하게 직면하고 있는가? 문제를 고치기 위해 노력하는가? 홍 신부님이 그 중독자 앞에서 느낀 것처럼 나도 부끄러웠다. 강의가 끝나고도 오래오래 신부님의 말씀을 생각했다. 단순히 가족병에서 회복되는 것뿐만 아니라 내 삶의 전 영역에서 회복 중이라고 말할 수 있는 사람이 되고 싶다고, 나는 생각했다.

4.

사회자가 마이크를 잡고 공지사항을 전했다.

"1984년 6월 13일, 한국 단도박 모임과 가족모임을 창립하신 백 신부님이 3일 전 미국 네브래스카에서 향년 88세로 소천하셨습니다. 숙소 000호에 백 신부님 추모의 방을 마련했습니다. 자유롭게 방문하셔서 신부님을 추모해주시기 바랍니다."

백 신부님이라⋯. 모임에 나오기 전 한국단도박 모임 홈페이지를 둘러보다가 스친 적 있는 이름이었다. 궁금했다. 어떤 분이었는지, 어떻게 단도박 모임과 가족모임을 만들게 되었는지.

이른 아침, 나는 혼자 빈소가 차려진 방을 찾아갔다. 제단에는 안경을 쓴 외국인 신부님의 영정 사진이 국화꽃에 둘러싸여 있었다. 나는 국화꽃 한 송이를 영정 사진 앞에 놓고 잠시 묵념했다.

'신부님이 어떤 분인지 잘 모르지만 단도박 모임과 가족모임을 한국에 만들어주셨다니 감사합니다. 주님

품에서 평안하시길 빕니다.'

　창문 쪽에는 단도박 모임과 가족모임 창립 초기에 신부님과 협심자들이 찍은 커다란 크기의 단체사진이, 그 옆 테이블에는 초기 한글 번역본과 신부님의 금경축(서품 50주년)을 맞아 출판한 책자, 추모 방명록 등이 놓여 있었다. 나는 방 한 귀퉁이에 앉아 금경축 기념 책자를 읽어갔다.

　신부님의 이름은 폴 화이트(Paul White). 한국에서는 백 바오로 신부로 불렸다. 책 앞부분에는 그의 18세 때 사진과 고향 집 사진, 고향 성당과 그가 다녔던 신학교 풍경, 그가 사목했던 한국의 여러 성당, 초창기 단도박 모임 때 사진과 금경축 미사 사진 등이 실려 있었다. 페이지를 넘겨 차례를 훑었다. 1장부터 7장에 걸쳐 백 신부님 본인이 쓴 회고록이 실려 있었다. 75세 때 그가 쓴 회고록은 이렇게 시작되었다.

　"나는 성 골롬반 외방 선교회 소속 가톨릭 신부 폴(Paul W.)이며 1958년 12월 20일 마이애미 밀턴(Milton)이라는 곳에서 사제서품을 받았다. 오늘은 2006년 12월 30일. 몇 분 전에 내 삶의 일부분을 글로 써야만 한다는 생각이 갑자기 들었다."

"나는 나의 이야기를 누군가 관심을 가지고 들어줄지에 대해서는 확신은 없지만 그게 무슨 상관인가? 나에게는 컴퓨터와 남아도는 시간이 있는데. 한번 써 보지 뭐."

읽으며 입꼬리가 씨익 올라갔다. 신부님은 시니컬한 유머를 재치있게 구사할 줄 아는 솔직하고 멋진 분이 분명했다.

"나는 Last name을 사용하지 않는다. 왜냐하면 나는 익명의 12단계 프로그램의 회원이고 라디오, 텔레비전, 언론 등에 익명을 고수하고 지키는 것이 그 단체의 규칙이기 때문이다. 이 글의 많은 부분을 그 단체에서의 활동 내용이 차지하게 될 것이다."

그는 아이오와주 폰다라는 시골에서 태어나 보낸 어린 시절에 대해 회고했다. 페이지가 몇 장 안 넘어가 그의 첫 도박 경험 이야기가 나왔다.

"나의 첫 번째 도박은 네 살 되던 해에 아버지와 함께한 동전 던져 맞추기 놀이였고, 나는 아직도 4센트를 딸 찬스가 왔을 때의 긴장감을 기억한다. 내가 아버지에게 계속하자고 하였지만, 아버지는 '이 정도 했으면 됐다.

그만하자.' 라고 말씀하셨다. 내가 그 말을 하게 되기까지, 그리고 진정으로 그 말을 하기를 원하게 될 때까지는 약 45년의 세월이 필요했다."

나는 그가 한국 단도박 모임과 가족모임의 창립자일 뿐만 아니라 심각한 도박중독자였음을 알게 되었다. 그는 두 번의 낙제 끝에 시험에 통과해 사제 서품을 받고 신부가 되었다. 그가 간절히 원했던 대로 한국으로 발령을 받았고 1960년 춘천교구에 도착했다. 양양성당에서 사목하며 저녁에는 미군 부대 장교회관에서 사람들과 어울렸는데 이때부터 그는 자신을 통제하기 어려워졌다.

"보통은 판돈이 그리 크지 않았고, 나는 여전히 정당하게 시간을 보내고 다른 사람과 교류를 하는 것이라고 생각을 했다. 하지만 가끔 판돈이 커지게 되면 나는 구경꾼들이 신부가 도박을 한다고 떠벌리고 다니지 않을까 걱정을 하곤 했다. 나는 심각한 도박문제가 시작되고 있다는 것을 완전히 알아차리지 못하고 있었다."

속초에서 사목하던 시기, 그의 도박중독은 최악으로 치달았다. 다른 신부님이 쓴 추모사를 보니 교인들의 헌금이며 교구 예산까지 카지노에서 탕진하는 등 사건 사고가 끊이지 않았다고 한다. 그는 도박을 끊기로 했고 일 년 동안 미국에 휴가차 머물며 단도박 모임에 나갔다. 그는 이때 도박중독이 충동조절 장애이며 정신질환임을 알게 되었다고 한다. 단도박과 재발을 반복하던 그는 1984년, 강원도의 한 농부가 도박중독에 빠져 농약을 먹고 자살한 사건을 접한 뒤 한국에 단도박 모임을 세우기로 했다.

"내가 한국에 다시 돌아왔을 때 도박을 하지 않고 살아가려면 주간 G.A. 모임이 필요하다는 것을 느꼈다. 나는 서울 골롬반회 지부장 신부를 찾아가 그동안의 일을 이야기했다."

그는 단도박 전담 사목을 하도록 승인을 받고 김병길 선생과 함께 모임의 영문 자료를 한국어로 번역했다. 이 시기 한국에는 강박적 도박증(compulsive gambling)이나 도박중독이라는 표현조차 존재하지 않았다고 한다. 김병길 선생은 서울 전역의 파출소를 돌며 소책자를 나눠주고 모임의 존재를 알렸다. 1984년, 한 신문기자가 책자를 보고 연락해 와 신문에 단도박 모임 기사를 실었고, 기사를 보고 찾아온 한 남자와 부천의 심곡동 성당에서 모임을 하면서 단도박 모임 1호 모임을 가졌다. 라디오 방송을 통해 단도박 모임의 존재를 알린 이후

급성장해 창립 35주년을 넘겼고, 지금은 전국에서 100개 이상의 모임이 열리고 있다. 12년 동안 모임을 이끌던 그는 열정적인 한국의 협심자들에게 모든 것을 맡기고 미국으로 돌아갔다. 백 신부님은 회고록의 마지막 페이지에 이렇게 썼다.

"나는 내가 신부이고 도박을 끊은 강박적 도박중독자라는 사실에 대해 신께 감사한다. 내가 도박을 할 때 일어났던 많은 일들에 대해 후회를 했지만, 그 일들도 모두 내가 회복으로 가는 여정과 어떻게 다른 강박적 도박중독자들이 도박을 끊도록 도울 수 있는가를 배워가는 과정의 일부였다고 생각한다."

나는 책자를 덮고 일어나 다시 백 신부님의 영정사진 앞으로 걸어갔다. 헨리 나우웬이 말했던 '상처 입은 치유자'라는 표현이 떠올랐다. 상처 입은 자신의 상태를 치유의 원천으로 타인에게 제공한 사람. 상처 입은 이들을 자신의 삶에 들이고, 그들이 삶의 닻을 내릴 수 있게 안전한 환대의 공간을 만들어준 사람. 백 신부님은 상처 입은 치유자로 살다 갔고, 한국 사회는 그에게 큰 빚을 졌다. 나는 그의 영정 사진 앞에서 오래오래 묵념했다.

## 누구의 잘못도 아니야

연수를 마치고 돌아와 여느 때처럼 금요일이면 모임에 나갔다. 연수가 보약이라더니 나는 전보다 활기차고 단단해졌다. 현은 1년 만에 개인회생 인가가 나와 변제 계획에 따라 다달이 채무를 갚아나갔다. 모든 게 꽤 매끄럽게 굴러간다고 생각하던 어느 날, 현이 재발했다. 재발한 사실은 바로 들통났고, 나는 잠시 속상했지만 이내 평정심을 되찾았다. 하지만 '내가 현에게 더 신경을 썼으면 재발을 안 했을 텐데' 하는 생각이 머릿속을 비집고 들어오는 것을 막지는 못했다. 한 여사님이 내게 말했다.

"자책하지 마세요. 영향을 미칠 수 있다고 해서 도박 문제의 책임이 가족에게 있는 건 아니에요. 도박문제를 일으킨 장본인은 도박한 당사자이고, 결과에 대한 책임도 도박자에게 있어요. 다른 누구의 잘못도 아니에요."

그 말이 큰 위로가 되었다. 나는 부당하게 비난당한

엄마에게도 말해주고 싶었다. 그건 엄마의 잘못도, 누구의 잘못도 아니라고.

현의 재발은 내가 초연(超然)을 깊이 생각하고 연습하는 기회가 되었다. 교본에서는 초연에 대해 이렇게 설명한다. '누군가의 도박문제에 영향을 받지 않는 삶'. '내가 사랑하는 사람들이 그들 스스로의 삶을 살고, 실수도 하고, 책임을 지도록 내버려두는 것'. 나는 현 뿐만 아니라 누구의 행동이나 반응에도 내 삶이 말려들지 않도록 감정적 거리를 지키기로 결심했다. 더 이상 현의 도박문제로 스스로를 자책하거나, 이유를 분석하며 변명거리를 찾아내려고 하는 데 시간을 낭비하지도 않기로 했다. 그가 자신의 역할을 하는 데 실패한다면 다른 사람들이 어떻게 생각하든 그것은 나의 실패가 아니다. 그가 쓰러져도 나는 함께 쓰러지지 않을 것이다. 그날 나는 스스로를 지키는 법을 또 하나 배웠다.

## 소망과 낙관주의

　현은 다시 모임에 발길을 끊었다. 현은 다시 예전의 무표정한 얼굴로, 현의 방은 악취 나는 방으로 변해갔다. 나는 친구에게 웃음을 섞어 힘듦을 토로했다. 그러자 친구가 말했다.

　"웃으면서 그런 얘기 하니까 스릴러나 호러 영화 속의 한 열댓 명 죽이고 미쳐버린 킬러 같아."

　우리는 깔깔깔 웃으며 통화를 이어나갔다. 대화는 며칠 전 지나간 나와 현의 생일 이야기로 넘어갔다. Happy Birthday. 생일이라면 누구나 가볍게 건네는 그 간단한 말. 나는 현에게 문자메시지를 쓰다 지우길 반복했다. 엄마의 생일에도, 아빠의 생일에도, 현과 나의 생일에도, 이제는 평범한 축하 말조차 건네기 조심스러웠다. 기대와 소망의 말들이 모래성처럼 흩어질까 두렵고, 말을 하는 자신조차 말의 내용을 믿기 어려운 탓이었다. 내게 고통을 안기는 이에게 태어나줘서 기쁘다고, 행복한 생일이 되라고 말할 수 있을까. 선물을 안길 수 있을까. 다가오는 생일은 부담이 되고, 지나간 생일에는 안도했다.

"금요일에 만날까?"

"그날 나 모임 가는 날이야."

"모임에 뭐하러 가? 현이 안 가는데 네가 굳이 갈 필요 있어? 그냥 쉬어. 나랑 놀아."

친구는 의아함과 약간의 냉소가 담긴 말투로 내게 반문했다. 그러나 나는 잘 알았다. 내가 모임에서 한 주를 살아갈 힘을 얻는다는 것을. 현이 모임에 가든 가지 않든, 내가 가는 것은 그 때문이었다. 귀찮은 마음에 한 주, 두 주 빠진 적은 있지만, 아예 가지 않겠다는 마음은 한번도 먹어본 적이 없었다. 도박중독자인 현의 회복보다 먼저 나의 상한 마음을 돌보기 위해, 때때로 다시 고개를 쳐드는 가족병을 잠재우고 건강한 삶을 살아나가기 위해 내게 절실히 모임이 필요했다.

신학자 스탠리 하우어워스는 대부로서 자신의 대자녀에게 쓴 편지글을 엮은 책에 이렇게 썼다.

냉소적 태도는 자신이 소망을 안겨주는 이야기의 일부라고 더이상 믿지 않는 사람들 사이에서 떠도는 절망의 표현이야. 소망은

낙관주의와 달리 우리가 인내를 제대로 배우면 소망을 주는 이야기
의 일부가 되는 어려운 일이 가능하다고 믿는 습관이란다. … 우리
에게 서로가 필요한 이유는 혼자서는 소망을 품을 수 없기 때문이
야. 우리는 다른 사람들을 신뢰함으로써 소망을 품는 법을 배우는
데, 그들도 같은 방식으로 소망을 배웠지.
– 〈덕과 성품〉, p. 110-111

현이 모임에 나가지 않는 것은 자신이, 모임이, 모임
의 협심자들이 소망을 안겨주는 이야기의 일부라고 믿
지 못하기 때문이며 인내할 자신이 없기 때문일 것이었
다. 그러나 나는 모임 없이, 다른 여사님들과의 우정 없
이 혼자서는 소망을 품을 수 없다는 것을 알고 있었다.

나는 모임 때마다 인내하고, 소망을 품고, 함께 나아
가는 법을 배웠다. 내가 바라는 것은 현이 더는 혼자서
는 소망이 없음을 깨달을 날이 하루라도 빨리 오는 것
이었다. 그러려면 현이 다시 바닥을 쳐야 했다. 도박의
결과로 더는 막을 수 없는 위기가 찾아오는 것. 그때가
다시 와야 했다. 그것은 불행이 아니라 새로운 소망의
시작이므로, 나는 초연할 수 있고, 초연할 것이었다. 그
러니 생일에 커다란 행운이나 기적을 빌기보다는 소소한
기쁨으로 매일을 가꾸는 소중함을 알고 누리자고, 나는

친구와 긴 통화를 마친 후 일기를 써 내려갔다.

## 우리는 서로의 구원

출근길에 이런저런 생각을 하다가 우울감에 젖어 들었다. 왜곡된 사고가 나선형을 그리며 나락으로 파고들었다. 내가 죽으면 누가 나를 위해 와서 울어줄까. 문득 깨달았다.

여사님들이 와 주시겠구나.

다른 사람은 몰라도 여사님들은 나의 장례식에 반드시 찾아와 주시겠구나. 나의 마지막은 절대 외롭지 않겠구나. 울컥, 눈시울이 붉어졌다. 그리고 감사했다. 아픈 마음이 빚어낸 이 바보 같은 생각까지도 다 털어놓을 수 있는, 공감해주고 힘이 되어주는 내 편이 이렇게나 많이 있구나. 새삼 여사님들의 존재가 소중했다. 얼른 다음 모임시간이 오면 좋겠다! 이 마음을 모임 때 여사님들께 전하고 싶었다. 모임을 통해 하루를, 또 한 주를 잘 살아 낼 힘을 얻어왔고 앞으로도 언제나 그럴 것이라는 사실이 커다란 위로가 되었다. 당장 죽고 싶었던 마음이 감사로, 기쁨으로, 소망으로, 살고자 하는 의지로 옮겨간 것이다. 모임에서 여러 번 들었던 '위대한 힘'의 의미가 이것이란 생각이 들었다. 넘어져도 다시 일어나도록 북돋는 힘. 어떠한 상황에서도 평온할 수 있는 힘. 당면한 현실을 초월하여 앞으로 나아가게 하는 힘. 사람을 살리고 치유하고 일으키는 공동체의 힘. 이 큰 빚을 어떻게 다 갚을까. 어느 여사님이 말했다.

"모임에 봉사하는 가장 좋은 방법은 자리를 지키는 거예요. 모임 생활이 오래되다 보면 오늘은 집에서 좀 쉴까 하는 안이한 마음이 들 때도 많죠. 하지만 만약 누군가 절박한 마음으로 용기 내어 모임을 찾아왔는데 따뜻하게 맞아주는 사람이 없으면 얼마나 힘이 빠질까요? 우리 한 명 한 명이 한결같이 자리를 지켜주면 모임이 활성화되고, 그러면 더 많은 사람을 더 잘 도울 수 있을 거예요."

자리를 지키는 아주 간단하고도 귀한 일. 자신의 상처로 다른 사람의 상처를 안아주는 일. 그렇게 우리는 서로를 구원한다.

"혹시 그들이 넘어지면 하나가 그 동무를 붙들어 일으키려니와…
한 사람이면 패하겠거니와 두 사람이면 맞설 수 있나니 세 겹 줄은 쉽
게 끊어지지 아니하느니라"
- 전도서 4장 9~12절

# 딱 너의 숨만큼만

"엇, 당첨됐다!"

신용카드 회사에서 보내온 알림이 떴다. 전시회 무료
초청 이벤트에 당첨되었다는 소식이었다. 행복을 그리는
화가로 알려진 에바 알머슨(Eva Almerson)의 전시회였
다. 공짜로 얻은 표 두 장을 들고 친구와 함께 전시장으
로 향했다. 따뜻한 색감과 동화적인 그림체, 긍정적인
메시지를 담은 작품으로 채워진 전시라 그런지 어린 자
녀와 함께 온 가족 단위의 관람객이 많았다. 친구와 앞
서거니 뒤서거니 하며 전시작을 찬찬히 둘러보았다.

소파에 누워 휴식을 취하고, 강아지와 산책하고, 차
를 마시고, 불꽃놀이를 보고, 식탁에 둘러앉아 와인잔을
부딪치고. 작품 속 인물은 평범한 일상을 배경으로 한결
같이 편안하고 잔잔한 미소를 얼굴에 띠고 있었다. 관객
에게 자신들의 행복감을 퍼뜨리려는 것처럼. 이 작가도

트렌드에 발맞추어 얄팍한 긍정과 힐링을 설파하려는 것일까 스멀스멀 의문이 올라올 즈음 한 작품 옆에 달린 작품 코멘트(설명글)가 마음을 두드렸다.

"용기라는 것은 고통스러울 것을 알면서도 바깥으로 나아가는 것을 뜻합니다. 우리는 때로 거짓말로 모두를 속일 수 있지만, 언젠가는 겸허히 현실을 직시하고 앞으로 나아갈 수 있 는 용기를 지녀야 합니다."
– 〈황금 우리에서 나와서〉, 2018

"우리는 우리에게 일어난 일들을 이해할 시간이 필요합니다. 우리는 타인에게 실제의 자신보다 더 강한 척하며 자신을 보호하려고 합니다. 이 작품은 보호막으로 우리를 둘러싸고 있는 얼음이 녹았을 때, 불안감을 느끼면서도 한편으로는 해방감을 느낄 수 있다고 이야기합니다."
– 〈해빙〉, 2018

"우리는 우리가 살아가는 것만큼의 건물을 지으며 살아가고 있습니다. 이 작품에서의 집들은 우리가 살아가며 마주하는 수많은 변화를 의미합니다. 그리고 그 속에서 우리가 어떻게 버텨낼 수 있 는 힘을 얻고, 스스로를 특별한 존재로 만들어가는지를 표현하고 있습니다."
– 〈공사중〉, 2018

코멘트를 읽고 작품을 다시 보니 조용히 미소 짓는 인물의 내면에서 단단하게 빛나는 작가의 자아가 보였다. 나는 의심을 거두고 작가가 초대하는 따뜻하고 천진한 세계에 마음을 열었다.

여섯 개의 방으로 구성된 전시실을 쭉 따라가다가 제주 해녀를 소재로 한 '해녀의 방'에 이르렀다. 그곳에서는 커다란 벽 한 면을 통째로 스크린으로 사용해 애니메이션을 상영하고 있었다. 작품의 제목은 〈엄마는 해녀입니다〉. 제주 출신이자 영화 〈물숨〉을 만든 고희영 감독이 글을 쓰고 에바 알머슨이 삽화를 그린 동화책 〈엄마는 해녀입니다〉의 원화를, 이번 전시를 위해 특별히 애니메이션으로 제작해 상영하는 거라고 했다.

나는 기다란 의자에 자리를 잡고 앉았다. 이야기는 지금까지 단 한 번도 바다를 떠난 적 없는 할머니, 도시에서 미용사로 일하다 해녀가 된 엄마, 그 두 사람을 지켜보는 소녀를 주인공으로 하여 3대에 걸친 제주 해녀의 삶을 그리고 있었다. 잠잠히 커다란 스크린에 펼쳐지는 주인공의 이야기를 지켜보았다. 그러다 에바 알머슨의 삽화를 배경으로 떠오른 한 문장이 마음에 자맥질해 들어왔을 때, 나는 그만 눈시울이 붉어졌다.

"오늘 하루도 욕심내지 말고 딱 너의 숨만큼만 있다 오거라."

해녀에겐 바다가 밥이고, 생계를 위해 일구는 '밭'이고, 삶과 죽음의 경계다. 그들은 딱 자기 숨만큼만 바다에 머물면서 바다가 허락하는 만큼만 가져간다. 욕심을 내다가는 물숨을 먹게 되고, 물숨은 그들을 죽음으로 데려간다는 걸 잘 알기 때문이다. 바다에서 몸으로 삶과 죽음의 경계를 넘나드는 해녀는 인간 존재의 작음과 욕망의 덧없음을 안다. 바다라는 삶의 터전에 감사하면서 두려움을 잊지 않는다.

그러나 육지 위에 터전을 꾸린 인간들은 언제나 욕망으로 들끓는다. 만족할 줄 모르고 끝없이 욕망하며, 욕망의 덧없음을 쉬이 잊는다. 욕망을 두려워할 줄 모르며 얻은 것에 감사할 줄 모른다. 부에 대한 욕망은 그중에서도 가장 크고 강하게 인간을 사로잡는 욕망이다.

배우 김정은이 TV CF에서 '부자 되세요'라고 외친 2002년 이후, 사람들은 너도나도 덕담으로 '부자 되세요'를 외쳤다. 부에 대한 욕망을 숨기지 않았고, 로또로 인생역전을 꿈꾸거나 건물주가 되어 불로소득을 벌어들이길 바랐다. 가수들은 지폐, 차 키, 시계, 금목걸이를 흔들며 플렉싱(flexing)을 외쳐댄다. '돈 놓고 돈 먹기'라는 말을 지껄이면서 한 점 부끄러움도 느끼지 못한다.

일찍이 오스카 와일드는 소설 〈도리언 그레이의 초상〉에서 이렇게 썼다. '오늘날 사람들은 모든 것의 가격을 알지만 그 가치에 대해서는 아무것도 모른다(Nowdays people know the price of everything and the value of nothing)'고. 돈을 쾌락으로 등치시키는 순간 인간의 비극이, 현의 비극이 일어났다. 모든 것을 돈으로 환산하고, 인간관계에서조차 가성비를 운운하는 사회에서 가치와 신념을 붙들고 살기란 얼마나 어려운가. 이런 맘몬(mammon)의 시대에 도박중독자가 급속도로 늘어나는 건 당연한 일이 아닐까.

나는 애니메이션이 몇 번이고 다시 시작되고 끝날 때까지 상영실에 앉아 생각했다. 육지에 터전을 둔 우리에게도 물숨을 두려워하는 저들의 지혜가 있으면 얼마나 좋을까. 육지 위에도 물숨같은 것이 있어, 자기의 숨을 넘어선 욕심을 부리다간 그 끝에 죽음을 마주하게 된다는 것을 몸으로 느낄 수 있다면. 그렇다면 이 끝없는 욕망에 브레이크를 걸고 하루하루의 삶과 양식에 감사하며 살 텐데. 상영실에서 몸을 일으켜 나오며 나는 다짐했다. 욕심내지 말고 딱 나의 숨만큼, 하루를 살고 싶다고, 현의 재발에 좌절하지 않고 딱 나의 숨만큼, 오늘을 잘 살아내고 싶다고.

# 에필로그

## 너는 너의 싸움을, 나는 나의 싸움을

현이 단도박 생활을 쭉 잘하고 있다고, 모임의 본이 되곤 하는 선배들처럼 5주년, 10주년, 15주년 잔치를 했다고 이 책의 마지막 페이지에 쓸 수 있다면 얼마나 좋을까. 그러나 이 책을 쓰는 동안에도 재발과 단도박은 반복되고 있다.

현의 재발이 곧 나의 실패이고 단도박 모임의 실패라면 나는 이 책을 쓸 수 없었을 것이다. 재발하는 순간 이 책은 가치를 잃을 테니. 그러나 현의 어떠함과 상관없이 이것은 나의 싸움의 기록이고 나의 회복의 여정임을 기억하며 책을 써나갔다. 누구도 나 자신이 아닌 다른 사람의 싸움을 대신해 줄 수 없다. 그의 싸움은 그의 것이며 나는 다만 나의 싸움을 할 뿐이다.

재발에도 불구하고 희망을 말할 수 있는 이유는 공동체의 힘을 경험했기 때문이다. 단도박 가족모임을 다니기 시작한 이후 나는 살아갈 힘과 희망을 되찾았고, 이 희망은 앞으로도 꺾이지 않을 것이다. 그의 회복은 단도박 모임과 그에게 맡겨두고 나의 회복은 단도박 가족모임과 함께 해나갈 것이다.

모임을 통해 배운 것을 바탕으로 책의 새 페이지를 더해 나갔다. 모임에 참여한 햇수로 따지면 나는 햇병아리에 불과하다. 그러나 '듣고 배우자'는 가족모임의 구호는 모임에 나온 지 얼마 안 된 이에게나 연륜 있는 이에게나 평등하게 적용된다는 점을 기억하며 썼다. 일천한 나의 경험과 깨달음도 누군가에게 도움이 되리라 믿는다. 이 책을 읽는 당신이 중독자를 가족으로 두어 고통받고 있다면 반드시 모임에 나가보라고 권하고 싶다. 회복은 당신이 모임에 나가는 바로 그 순간부터 시작될 것이다.

모임과 함께 울고, 웃고, 서로 격려하면서 나는 매일 절망과 무기력으로부터 구원받는다. 곁을 지켜주는 단도박 가족모임의 모든 분께 사랑과 존경과 감사를 전한다. 마지막으로 책을 내는 데 동의해준 현에게 고맙다. 너의 삶과 분투를 마음 깊이 응원한다.

# ■도박중독 자가진단표(CPGI)

지난 1년간 도박(사행성 게임)과 관련하여 경험하신 것을 생각해 보고,
해당하는 칸에 체크하세요.

| 질문 | 없음 0점 | 가끔 1점 | 때때로 2점 | 거의 항상 3점 |
|---|---|---|---|---|
| 귀하는 도박에서 잃어도 크게 상관없는 금액 이상으로 도박을 한 적이 있습니까? | | | | |
| 귀하는 도박에서 이전과 같은 흥분감을 느끼기 위해 더 많은 돈을 걸어야 했던 적이 있습니까? | | | | |
| 귀하는 도박으로 잃은 돈을 만회하기 위해 다른 날 다시 도박을 하신 적이 있습니까? | | | | |
| 귀하는 도박자금을 마련하기 위해 돈을 빌리거나 무엇인가를 판 적이 있습니까? | | | | |
| 귀하는 자신의 도박행위가 문제가 될 만한 수준이라고 느낀 적이 있습니까? | | | | |
| 귀하는 도박으로 인해 스트레스나 불안 등을 포함한 어떤 건강상의 문제를 겪은 적이 있습니까? | | | | |
| 귀하는 사실여부에 상관없이 다른 사람들로부터 도박행위를 비난받거나 도박문제가 있다는 얘기를 들은 적이 있습니까? | | | | |
| 귀하의 도박행위로 인해 본인이나 가정에 재정적인 문제가 발생한 적이 있습니까? | | | | |
| 귀하는 자신의 도박하는 방식이나 도박을 해서 발생한 일에 대해 죄책감을 느낀 적이 있습니까? | | | | |

## • 점수 해석

### 0점 / 문제없음

도박에 사용하는 시간과 돈을 통제할 수 있으며, 도박의 목적을 돈을 따는 것이나 승리에 두지 않고, 오락을 위해서 도박을 하는 정도입니다.

### 1-2점 / 저위험성 도박

도박으로 인한 부정적 결과가 나타나지 않는 수준으로 도박을 하고 있습니다. 하지만 도박을 자주 한다면 도박 관련문제에 빠질 위험성을 탐색해봐야 합니다.

### 3-7점 / 중위험성 도박

도박으로 인해 일상생활을 적절히 유지하는 데 어려움이 나타날 가능성이 있습니다.

### 8점 이상 / 문제성 도박

도박행동을 조절하지 못하는 상태를 나타내며, 점수가 높을수록 문제의 심각성은 더욱 큽니다. 전문가의 도움이 필요합니다.

# ■ 도박중독자와 그 가족들을 위한 공동체

## 헬프라인 서비스 1336

1336은 전국단위의 도박문제 전화상담 번호입니다.

도박문제로 고통 받고 있는 당사자와 그 가족 및 지인들은 국번없이 1336으로 전화를 걸어 무료로 상담 서비스를 제공받을 수 있습니다. 365일 24시간 운영되며 지역센터 및 민간상담기관, 유관기관들과 One-Stop 서비스 체제가 가능하도록 긴밀한 협조체제를 유지하고 있습니다.

## 단도박 모임 및 단도박 가족모임

단도박 모임(GA: Gamblers Anonymous)은 '익명의 도박중독자들'이라는 뜻으로 전 세계 모든 도박중독자 자조모임을 일컫습니다. 도박으로 고통 받는 이들이 스스로 도박문제를 해결할 수 없음을 인정하고, 회복 과정에서 오는 어려움과 희망을 나누는 자조모임입니다.

단도박 가족모임(Gam-Anon)은 도박중독자의 가족으로 살아오면서 같은 고통과 어려움을 겪고 있는 이들이 서로를 이해하고 위로하며 돕는 도박중독자 가족의 자발적인 자조모임입니다.

한국단도박 모임(co.kr) ☎02-8888-320 | www.dandobak.co.kr

한국단도박 모임(or.kr) ☎02-2636-1142 | www.dandobak.or.kr

한국도박중독자 가족모임(co.kr) ☎02-855-5004 | www.dandobakfamily.kr

한국단도박 가족모임(or.kr) ☎02-522-8483 | www.dandobak.or.kr

※전국에 지역별로 있음.

# 도박중독 상담기관

## 한국도박문제관리센터

☎1336 | www.kcgp.or.kr

## 한국마사회

유캔센터

☎080-815-1190 | kra.co.kr/ucan

## 강원랜드

KL중독관리센터

☎080-7575-545 | klacc.high1.com

## 국민체육진흥공단

희망길벗 경륜경정중독예방치유센터

☎080-646-5000 | www.krace.or.kr/contents/clinic/adviceInfo.do

## 희망을 찾는 사람들(희망센터)

☎033-591-2221